麦田阳光

美丽乡村助读书系

乡村助读，让中国的乡村
从风景到精神愈加美丽。

麦田 阳光

美丽乡村助读书系

乡村助读，让中国的乡村
从风景到精神愈加美丽。

成长的告白

CHENGZHANG DE GAOBAI

高洪波 顾问　陈彦玲 主编

谢倩霓 著

山西出版传媒集团 山西教育出版社

图书在版编目（CIP）数据

成长的告白 / 谢倩霓著. — 太原 ：山西教育出版社，2021.6（2023.6 重印）

（“阳光麦田”系列 / 陈彦玲主编）

ISBN 978-7-5703-1434-8

Ⅰ. ①成… Ⅱ. ①谢… Ⅲ. ①中国文学—当代文学—作品综合集 Ⅳ. ①I217.2

中国版本图书馆 CIP 数据核字（2021）第 009673 号

成长的告白

CHENGZHANG DE GAOBAI

出 版 人 李 飞
选题策划 李梦燕
责任编辑 许亚星
复　　审 康 健
终　　审 李梦燕
装帧设计 王春声 薛 菲
印装监制 蔡 洁

出版发行 山西出版传媒集团·山西教育出版社
（太原市水西门街馒头巷 7 号 电话：0351-4729801 邮编：030002）
印　　装 山西基因包装印刷科技股份有限公司

开　　本 890×1240 1/32
印　　张 5.5
字　　数 84 千字
版　　次 2021 年 6 月第 1 版 2023 年 6 月山西第 3 次印刷
书　　号 ISBN 978-7-5703-1434-8
定　　价 25.00 元

根植乡野，眺望远方（代序）

李东华

把“美丽乡村助读书系”做成精品，为新时代新乡村新少年的成长助力，这个美好心愿，把出版者、策划人、作家、编辑聚集在一起，大家郑重其事地播下种子，然后怀着庄重而又快乐的心情，等待所有努力慢慢发芽。

我曾经有幸数次参加“我的书屋我的梦”乡村少年儿童阅读实践活动征文的评审工作，印象最深的就是2019年。面对从海量征文中初选出的近千篇作品，我油然而生一种“一夜好风吹，新花一万枝”的惊艳感。按照评委会要求，终评委们需要优中选优，再从中挑出几十篇最终获奖文章，这可让我犯了选择困难症，因为每一篇都像枝头迎着东风初绽的花朵，各有各的姿态，各有各的鲜妍，共同构成了蓬勃的春天，哪一朵都可爱得叫人不忍心舍弃。

但我想，我的这种“纠结”是一种喜滋滋的纠结——让人一下子就能感觉到，无论大江南北，全国各地乡村的孩子们，并不是仅仅某一地因为水土适宜而长势良好，而是齐刷刷地在拔节成长。这算是从空间这个维度的横向比较。再沿着时间轴纵向来看，我们可以清晰地感受到这几年的征文质量一年比一年高。从这些或长或短的文章中可以看出，孩子们的阅读内容越来越丰富了，小说、童话、诗歌，科幻、军事、历史、天文、地理……不同体裁不同领域，不论古今中外，凡属人类留下的智慧结晶，都在他们尚属稚嫩却又充满好奇的目光之内，都留下了他们求知和探索的小小脚印。

我想，也正是因为阅读的广博，让他们不管是生长于哪片偏僻的乡野，都能够从浩瀚的书海中汲取无穷无尽的滋养，获得世界性的视野。你能够从字里行间捕捉到一种“初生牛犊不怕虎”的淋漓元气，一种与周围世界、与他人、与自我对话时落落大方的自信表情，一种对祖国、对人类、对万事万物的真挚的爱。而这一切的呈现，又依赖于他们对于语言文字的日渐流畅的、自如的运用。

俗话说“熟读唐诗三百首，不会写诗也会吟”，阅读对于一个人写作能力的反哺，是这些征文给予我的第一个鲜明印象。

那些已初步呈现出汉语言之美的遣词造句，那些灵动的、智慧的表达，那些对于生活细节的敏锐、精准的描摹，那些既充满孩子气又闪耀着思想光芒的惊人之语，都无不让人生发“后生可畏”的赞叹。

所以说，尽管摆在眼前的是一篇篇无言的征文，却分明让人看到了征文背后所站立的那一个个活泼泼的、天真烂漫的孩子，看到了新时代乡村少年儿童因阅读的积累而敢于讲述的不一样的“中国故事”。

对于孩子和国家、民族的关系，已经有很多精辟的认识和论述。“孩子是祖国的花朵”，“孩子是民族的未来”，“少年强则中国强”。然而，如果希望孩子们能撑起国家的明天，他们首先要撑起自己的明天，而阅读则是他们撬动未来命运的支点。“忠厚传家久，诗书继世长”，这是在中国乡间最常见的对联，一代又一代的人家将它贴在大门上，可见在我们民族的潜意识中，书籍和人品是支撑一个国、一个家千秋万代延续下去的两根最坚实的立柱。将这样的对联贴在家门上，贴在最显眼的地方，就是在每时每刻提醒每一个人。我想这是一个有着五千年璀璨文明的民族最智慧的共识。而要把这一共识真正落到实处，最需要着力的地方就是乡村了。

相比于有父母督促而阅读环境更优越的都市孩子来说，乡村孩子的阅读可能更需要政府、社会的引领，尤其是数千万父母不在身边的留守儿童，阅读既是他们获取知识的有效途径，更是滋养他们心灵的精神引领。

我常常想，一个人需要有自己的书柜，一个家庭需要有自己的书房，一个城市需要有自己的公共图书馆，那么一个乡村，当然更需要有自己的书屋。

阅读“‘阳光麦田’美丽乡村助读书系”这套小书，对孩子们来说，能够得到的是思想和精神上潜移默化的熏陶和滋养。而持续地写作、出版一些适合乡村孩子阅读的好书，让这些书在助力乡村少年儿童阅读方面发挥作用，无疑是功在当代，利在千秋的事业——我们不妨来个小小的假设，全国有六十多万个乡村，假设每个乡村书屋中的书籍，能够像投入湖心的石子，哪怕只在十个孩子的心中荡起涟漪，那么全国就会有六百多万个乡村孩子从阅读中受益。

美丽乡村既要实现生态意义上的“绿水青山”，也要构建精神层面的“绿水青山”，从这个意义上讲，用优质图书和阅读协助、帮助、辅助乡村阅读，繁荣乡村文化，是建设美丽乡村的有效路径。

面对这些适合乡村少年儿童阅读的文字，我似乎可以看到，未来的他们，因今天的阅读引领而描绘出自己的梦和憧憬。

这些梦，将根植于他们生活的山乡旷野，更将呼应着远方的星辰大海。

目 录

一尘不染

一

终于下课了。

我忍住即将夺眶而出的泪水，在大家刚刚站起身说“老师再见”的时候，就不管不顾地第一个冲出教室，直奔女厕所。

我真的不想这么突兀，我一点儿也不想别人注意我，可是，我实在是忍不住了。从陈老师批评我开始一直到下课，这中间隔了整整半个小时的时间。半个小时啊！多么难熬！我是多么迫切地想要将自己这双肮脏的手放到水流下面去冲洗一番！

告诉你，不要以为你看到的一双手白白净净的，它们就一定是干干净净的。完全不是这么一回事。我们的一双手上，每一毫米的肌肤间，都藏满了密密麻麻的细菌。如果没有洗手液，那就用水不停地冲吧，这样才能保证你的一双手比较干净，也才能保证那些藏匿其间的细菌不会侵犯你。

学校里当然是没有洗手液的，所以，每个课间，我只能跑到女厕所不停地用清水冲洗自己的双手。而如果在课堂上受到了老师的批评，或者遇到了别的什么不愉快的事情，那么这个冲洗的过程，就会被我不自觉地拉得尽可能漫长。我从来没去追究过这二者之间究竟有什么关联，我只是觉得，那清澈的、干净的、轻轻流淌着的水流，冲洗在我的手掌、手背和手指缝间，令我从心底感到熨帖和安心。

还是在我刚刚上幼儿园的时候，我就知道：人的手上藏着无数看不见的细菌。这是我那个在省医院赫赫有名的当主任医师的妈妈告诉我的。

当然，那个时候，妈妈还不是主任医师，她只是一个刚进医院没几年的无足轻重的小医生，不过，她从来不认为自己永远只会是个小医生，她说："等着吧，我会成为全省乃至全国最有名的医生的！"

我非常相信这句话，因为，我的妈妈是一个多么努力的人，是一个多么严格要求自己的人。她不仅严格要求自己，她还那么严格地要求我。比如说洗手吧，吃饭前、吃零食前、从外面回到家里、刚刚玩过玩具……很多很多时候，她都会严格地要求我洗手，用洗手液或者消毒肥皂，将每一根手指头和每一个手指缝都清洗得干干净净。

"能保持一双手清洁的孩子才是好孩子哦！""妈妈最喜欢将自己的一双手洗得干干净净的小朋友啦！"妈妈总是这样鼓励我，表扬我，鞭策我。

那个时候，我是多么在意妈妈的表扬和笑脸。

那个时候，每次看到我听话而又笨拙地往手上涂肥皂，妈妈的那一双严肃而疲惫的眼睛都会满意地眯成一条缝。

"还是我的小可沁最听话，不会惹妈妈不开心！"每次，我张着一双香喷喷的小手扑向妈妈的时候，妈妈都会一把抱住我，一边将我紧紧地搂在她的怀里，一边喃喃地说。她温润的脸颊摩挲着我的鬓发，令小小的我心里莫名其妙地有种心疼妈妈、想要流泪的感觉。

二

“哈哈，果然如此！真的是变态！”

突然，我的耳边，传来一阵不怀好意的笑声。

我惊恐地抬起头，通过水池上面干净明亮的玻璃镜面，看到我的身后站着两伙人。左边的一伙都嘻嘻地笑着，一脸果然如此的表情。这是我们班上一群张扬的、喜欢无事生非的女生。右边的一伙有我们班的，也有其他班的，她们一个个满脸不耐烦的样子。她们等在我身后干什么？难道是在等着洗手吗？

“杨可沁你到底洗好了没有？大家都在等着呢！”右边一个女生发话了，一脸礼貌地竭力忍住的厌烦。

她是赵欣欣，我们初二年级的学霸兼我们班的班花，是大考小考永远打不败的第一名。

原来，她们真的在排队等着洗手呢。

她们是什么时候排在这里的？我怎么一点儿也不知道我身后排了这么多人？她们为什么不早一点儿说呢？

我万分窘迫地对大家说了一声“抱歉”，低着头转身跑出了厕所。

在我的身后，传来了一阵惊讶和不可思议的哄笑，还有几个混杂在里面的声音像一根看不见的长矛一样追在我的身后：

“说过她变态，你们不相信！”

“我们跟踪她好些时候了，她每个课间都要跑到卫生间来洗手！一次不落！”

“有好几个水龙头她不用，非要占据那个有镜子的，看来她还很爱臭美呢！”

……

居然有人跟踪我？跟着我到卫生间来看我洗手？我怎么一点儿也不知道？我洗个手关你们什么事了啊？上课的时候要摸书本、摸笔，还要不停地在桌面上摸来摸去，手上脏得让人无法忍受，不洗手还叫人怎么活？我根本就没注意过什么镜子，我只是要洗手……

三

又到课间了。我离开座位，正要冲向厕所，突然又警惕地停住了脚步，装作不经意地扭头看看，我的身后，竟然真的晃着两三个熟悉的身影！

好吧，我不去洗手了。

我转过墙角，来到楼梯口，顺楼而下，来到了教学楼的外面。

这是一个美丽的校园。校园很大，有红绿相间的漂亮的塑胶操场和跑道，有篮球场、足球场。路边，树木、花草修剪得整整齐齐，到处都干干净净、赏心悦目。妈妈说得没错，这是我们这座城市里最好的中学，你再找不到比这里更好的学校了。

可是，已经进校一年多了，我为什么还是没有归属感？

其实，照我的成绩来说，我真的不属于这里。

这样的话，我是不会当着妈妈的面说的。她会很生气。她会说："你怎么不属于这里？你本来就应该属于这里！可沁呀，你究竟是怎么一回事？我从小到大，从来都是校级学霸，根据遗传科学，孩子的智力主要取决于妈妈。相信我的话，你绝对不可能是一个平庸的人！"

我究竟是一个怎样的人呢？这个问题，我从小学三年级的时候就开始想了，因为就是从那个时候开始，我就不能保证每门功课100分了。可是想了这么些年，我一直想不清楚。特别是进入初中以来，我就更想不清楚了。想不清楚的时候，我就喜欢将自己的一双手放到水龙头下面，冲洗，冲洗，不停地冲洗。

可是现在，我竟然找不到地方洗手。现在，我是多么迫切地需要洗手！刚才的数学课上，陈老师发下来进入初二第一次月考的数学试卷。她将卷子放在我桌子上，没说话，只是重重地在卷面打着分数的地方敲了一下。我只看一眼分数，就脸红心跳地一把将卷子塞进了书包里。

数学课是一门好奇怪的功课，刚开始的时候我跟它还有点心心相印的样子，可是五年级以后，特别是初中以后，我就越来越不认识它了。我真的尽了很大的努力，但我觉得它还是在冷冰冰地拒绝我。

可是妈妈却觉得我好奇怪，妈妈说："数学是一门多么有趣、多么迷人的功课呀！我在中学的时候，最喜欢的功课就是数学了。数学成绩的好坏可以直接看出一个人聪明与否，脑子笨的人是学不好数学的，而我们可沁，脑子多聪明呀，怎么可能会学不好数学呢……"

其实，不光是数学，这个学期还开了物理课。老实说，一开始我就被它吓坏了，它比数学还神秘，开学一个月了，我感觉自己还一直没有摸到它的门把手……

我心里非常慌乱，我特别害怕妈妈知道这个事情。

每当这个时候，我就特别想洗手。

我在操场边急切地走着，眼睛搜寻着旁边的绿化带。总有地方应该有一个水龙头吧，给花匠浇水用的。

可是，我没有时间了，上课铃声响起来了。

我放弃了寻找，开始疯狂地往回跑。我不愿意迟到。我从来没迟到过。

四

真好，我终于找到一个洗手的地方了，一个可以一个人安安静静地洗手的地方。

一座位于校园中初中部与高中部相连的围墙边小树林里的两层小楼，开着一扇小小的门，进去朝右拐，就可以看到一个小小的洗手间，洁白的地砖，洁白的洗手池，洗手池的边上竟然还放着一瓶绿色的洗手液。

这座小楼，以前远远地看到过的，只是因为跟我们无关，所以从来没注意过。

它是干什么的呢？不知道。反正位于校园里，总归是什么办公楼吧。我也只是进来洗个手，时间很短，摆在那里的洗手液我也不会去用的，应该没问题吧？

唯一的缺点就是，它离教学楼稍微有一点路，我每次要洗手，必定要一路跑着来，再掐着时间跑回去。

不过，我也并不在乎这样跑，我太喜欢这里了，一个如此安静而干净的小间。更重要的是，我的身后，再也不会有惊讶、奇怪甚至鄙视的眼神了。

五

这一次，我刚刚喘着气打开水龙头，身前的镜子里就出现了一张老太太的脸。

一头雪白的银丝，烫成微微的波浪，优雅地散开在脖颈间。白净的肌肤，两道弯弯的细眉，一双布满细纹的温和友善的眼睛。

她是这座小楼的主人吗?

我局促地把刚刚打开的水龙头重新关好，有点慌乱地转过身。我在想，我是应该跟她打一声招呼呢，还是就这样一言不发地跑掉?

“喏，小姑娘，给你这个，你一定会喜欢。”老太太还没等我有所行动，很快地递给我一样东西。

是一个精致漂亮的小瓷盒，里面装着一块淡紫色的圆圆的香皂，一股淡淡的非常好闻的味道。

我不知所措地接过来。

“用这个洗手，你一定会喜欢。”老太太的声音和她的眼神一样，又干净又安然，好像她一直就认识我，好像我莫名其妙跑到这里来洗手是一件一点儿也不奇怪的事情。

“快洗吧，一会儿要上课了噢。以后这块香皂就放在这里，你随时都可以用，知道吗?”老太太说完，不等我应答，朝我温和地笑一笑，转身消失在楼道里。

我不再犹豫了，赶紧拧开水龙头，将手冲湿，拿起香皂，轻轻地涂抹在手上。

雪白的泡沫如此轻柔地包裹着我的双手，抚摸着我的手掌和手背，就像小时候妈妈那贴上我鬓角的温润的脸颊，就像妈妈脸上难得一见的甜甜的笑……

淡淡的香味浓烈起来，布满了整个小小的空间。

六

我忍住剧烈的气喘，一头冲进了那扇好像永远敞开着的小门里，冲向那间小小的洗手间。

它真的还在那里，那个精致的上面有藤蔓样花纹的小瓷盒，那块我上一个课间刚刚用过一次的淡紫色的香皂。

我是该为自己的推断开心呢，还是不开心呢？

整整一节课，我都在想着这件事情，这么奇怪的一件事情。

老太太一定早就知道我经堂跑过来洗手的吧？可是，她为什么没骂我，没赶我走，却还要送我一块那么好的香皂洗手呢？

我想不明白。我好想再看一看那块香皂是不是真的还会在那里。所以一下课，我就以前所未有的速度冲了过来。

我轻轻地靠近，凝视着它。

好奇怪，这一次，我竟然没想到要洗手。我只是想看看它是不是真的还会在这里。

没错，它真的好好地待在这里呢。而且，下一个课间，再下一个课间，它都一直好好地、安安静静地待在洗脸池台子上，就好像它本来就是在那里的。

而老太太，再也没有出现过。

我终于放心了，我开始用它洗手。

啊，真好。这样温柔细腻的感觉，这样由淡而浓的香味。

我感觉我的一双手是多么干净，简直一尘不染。

我的心里，充满着一种无言的慰藉。

七

现在，我不想洗手了。我想见见老太太。

真奇怪，她真的就送了一块香皂给我洗手，就什么也不管，什么也不问了吗？她是干什么的？她为什么要这样对我？

我想见见她，问问她。

哦，也许我不会问。想起来，我已经好久没有向别人主动问话了，更别说聊天，包括我妈妈。

不是我不愿意跟妈妈聊天，而是，只要我一开口，妈妈就老是纠缠在那些个聪明、遗传、努力和成绩之类的问题上。妈妈不明白我为什么会这样，而不是那样。我当然就更不明白了，虽然我是多么渴望搞清楚我为什么会这样，而不是那样。我眼看着妈妈的眉宇间越来越急切，眼看着三条触目惊心的像川字一样的皱纹不知什么时候已经牢牢地占据她的额头，我的心里，是觉得多么的抱歉、难过。

这种时候，我就只有拼命地洗手。我想，至少妈妈看见我的一双手那么干净，是会高兴的吧。

所以，我肯定不会主动去问老太太。我只想见见她，就偷偷地看一下，确定她确实还待在这幢小楼里就好。

我特意挑了最后一节课下课的时间过来，这样我就不用那么匆忙了。

我轻轻地在一楼窄窄的走廊里穿行。经过两间关着门的房间，在走廊最后靠右手边的一间敞开着门的房间里，我看到了那个老太太。

老太太正坐在一张洁白的藤条椅子上，背靠着一扇宽大的飘窗。飘窗上摆着一棵葱郁的绿色宽叶植物。她的旁边，还有另外一张空着的藤条椅子。她面对我微笑，像招呼一位老朋友一样招呼我："进来吧，到这儿来坐一会儿，陪我说说话。"

我不由自主地走进去，坐在了老太太旁边的那张藤条椅子上。

"你还记不记得，你是从什么时候开始喜欢洗手的呢？"老太太开门见山地问我。

我皱着眉头，苦苦地思索起来。

是从什么时候开始的呢？刚刚离开幼儿园上小学一年级的那一天？爸爸抛下我和妈妈，一个人拎着箱子义无反顾地离开的那一天？第一次将一张没有考到九十分以上的卷子带回家里给妈妈看的那一天？妈妈开始频繁地分析遗传和聪明之间的关系的那一天？

我惶惑地摇头。我根本说不清楚。

老太太又笑起来。

啊，她的笑是多么令人舒适。她脸上的每一根皱纹，不是像妈妈那样紧紧地蹙在一起，而是像水流一样快乐地向四周流淌。我甚至能听到它们哗啦哗啦流淌的声音。我感觉它们正在冲洗我的双手，冲洗我的全身。

老太太那干净的声音又传入我的耳中："那么，我们换一个说法，你觉得你什么时候最想洗手呢？这个问题是不是更好说一些呢？"

我赶紧点点头。这个问题，确实好回答。我想洗手的时候，那可真是太多了！

我开始慢慢地、带着点艰涩地讲起来。我真是讲得好慢，因为我突然发现，在脑子里组织语言并将它们从嘴巴里说出来，对我来说，已经是一件非常困难的事情了！

好在老太太一点也不着急。她一边听我说，间或点点头，一边慢慢地剥着飘窗上摆着的一盘开心果。剥开了她也不吃，而是放在靠近我这边的一个小盘子里。

我讲啊讲，讲啊讲，竟然越讲越流利，越讲越畅快。我感觉自己舌头上的一个水龙头被谁拧开了，里面堵塞了太久的水流，迫不及待地往外涌，往外涌，流得到处都是。

等到老太太起身，将我抱在她怀里，我才意识到，我流的，竟然是眼泪，满脸的眼泪。

八

整整九年以后，我带着心理学专业的大学毕业证书，再一次走进了这座小楼。

这一次，我是从正门进来的。

我是到初三毕业以后，才知道这座小楼原来还有一扇门，一扇面对本校高中部的双开的雕花木门。木门的一边，挂着一块小小的素净的牌子：凡心工作室。

凡心是那位老太太的名字。这座小楼，是她家的祖业。她的祖上，是这所全市最著名的中学的创办者。

而我一直进出的那扇门，只是这座小楼的一扇后门。只要凡心在家，它永远面对初中部校园开着。

进来以后，我没有急着进房间，而是先来到那间小小的卫生间的门口。

一切都没有变，依旧是洁白的瓷砖，洁白的洗手池，洗手池边上一瓶绿色的洗手液。

那个有着藤蔓样花纹的瓷盒子，当然不在那里了。估计在我之后，再也没有有洗手强迫症的小女孩偷偷地跑到这里来洗手了吧？

不过，虽然没有了洗手强迫症，但一定还有很多很多其他的强迫症，他们一定都在这幢小楼的前门后门进出过。

只是，我想象不出，凡心是用什么方法让他们在她面前完全放弃心理防范的。这一点，将是我今后一个漫长的摸索和学习的方向。

九年过去，凡心已经老了，但她的一头白发还是那么优雅地微微翘起在脖颈间，她的一张脸还是那么白净，她的一双眉还是被仔仔细细地用眉笔勾勒了，弯弯地卧在她那双永远微笑着的眼睛上面。

“可沁，你真的不后悔吗？”凡心坐在那张好像永远不会蒙灰的藤条白椅子上，问我。

我依旧坐在她旁边，背靠着摆着宽大的绿叶植物的飘窗。我摇摇头，说：“我唯一担心的就是现在这张毕业证书不硬气，到时学生会不服我。”

是的，当年我拼力考上的，只是一所普通大学的心理系。可是，我知道，我已经尽了全力。我知道，我不是我妈妈，我就是我。我只有这个能力。并且，这已经是一个奇迹，一个凡心创造的奇迹。

如果没有凡心，我可能早就淹没在那哗啦哗啦的洗手的水流里了。

虽然只是考上了一所普通的大学，但在大学四年里，我非常努力。我是全年级学习最认真、成绩最好的学生，我成了大学里的赵欣欣。

大四那年临近毕业的时候，我考上了一所名牌大学的心理学专业研究生。

而现在，我决定放弃读研，来到凡心工作室接替凡心的工作。她实在是太老了，她应当休息了。

凡心又一次笑起来，说："一纸名牌大学的毕业文凭永远也抵不过一颗真诚细致的心。"

那是多么熟悉的笑容。

我对凡心点点头。我相信这句话。

以后，面对那些因各种各样的原因不知在哪里就莫名其妙地迷途了的小羊羔，那些令人心痛的小羊羔，我虽没有响当当的文凭，但有着一颗真诚细致的心。

初离家门

一

初一暑假一开始，我就对自己说，两年以后要报考省立重点中学。

现在，我就坐在省立重点中学高一（1）班的教室里，我的优秀的成绩帮我圆了这个梦。但我不快乐，真的，一点儿也不快乐。我不知道情况会是这样。

我们的教室高大、明亮，桌椅板凳摆得整整齐齐。今天是星期一，下午第三节照例是班会课。班主任姚老师站在讲台上，用她那好听的嗓音，总结着上周的种种情况。我听得有些心不在焉。

开学都快一个月啦，可我似乎一直处于一种游离的状态。这真是一种奇怪的状态，以前的我从来没有经历过。我不知道该怎样才能将自己融入这一全新的环境中去，变成以前那个快乐、自信的我。除了高离，没有人认真关注过我的存在。其实高离也只是开学到校的第一个周末来看过我一次，没进我们寝室，而是将我叫出去，站得远远的，问我“东西都弄好啦？习不习惯？”等，好像真的像爸爸说的，在“多多关照”我一样。

我是一个来自乡下的女孩，对于这个，我一点都不在乎。可我万万没想到，班上八位女生中，我是唯一一个来自乡下的。当然啦，班上四十位高高矮矮的男生中，也有一些来自乡下，但那和我有什么关系呢？三年前进入初中时，我们女生就不和男生说话啦，何况现在还是高中呢。

不过关鸣不管这些。她敢随时脸不红心不跳地找男生讲话。关鸣是我们班的文娱委员，她的家就在省城。坐上那种有着两节车厢的长长的公共汽车，只要二十分钟就能到她家里。这是关鸣自己在寝室说的，我们都没去过。关鸣是一个热情如火的女孩子，喜欢穿各种各样的红裙子。看得出，班主任姚老师是非常喜欢她的。

我也是一个非常热情的女孩，当然，这是指以前，现在呢，不知怎么搞的，我觉得自己变得非常内向并且拘谨。我很不喜欢自己的这种莫名其妙的新形象，但外界的一切似乎都在逼迫我。真的，只需举一个例子——

我和关鸣是邻床，上课的时候我总喜欢招呼她一声。她呢，有时说你先走吧我还没好呢，有时干脆装作没听见。而过一小会儿，她总会快乐地叫一声：“吴念秋，走吗？”看都不看坐在床沿等她的我，而吴念秋与我们隔了好几个床位呢。吴念秋是县城里来的一位乖巧可爱的女孩。

对于这些，开始我并没在意。但后来总这样，我的心便有一些刺痛。我开始一个人，上学、放学、吃饭等，都是我自己。望着自己小小的身影孤单地印在各种各样的路上，我想，关鸣她们为什么这样对待我呢？是不是因为我是一个乡下女孩？是不是这样？这样的想法真是令我害怕，我不知道乡下女孩怎么了，她们为什么不愿跟我在一起。我开始有些后悔起来，后悔当初没听爸爸的话。

我的爸爸是我们村子里的小学教师。我虽然是一个女孩子，爸爸还是毫不犹豫地让我报考了高中，这使得我们那一带所有的女孩子都万分羡慕。她们最好最好的出路是上师范、上别的专科学校、上技校，考不上就回家种田，等着嫁人。进高中，考大学，这是一条遥远而不保险的路，我们那儿的家长们才不愿为一个女孩子冒这个险呢。我确实是一个非常幸运的乡下女孩。不过当时报志愿的时候，爸爸是不同意我报考省重点的，他想让我报县中，可我不听，这是我第一次不听爸爸的话。我不甘心自己做了两年的梦一下子就被断送掉。面对爸爸突然变得陌生起来的、严厉的脸色，我执拗地、甚至是悲壮地填上了省立重点中学那神秘而美丽的校名。

我能以高分一举考中省重点，看得出爸爸还是非常高兴的。不过开学的时候他没来送我，我想这一定和家里的经济状况有关。爸爸不同意我到省城念书，主要也是因为这个（爸爸没说，但我知道）。家里境况一直不大好，但究竟不好到什么程度，我一点都不清楚。爸爸妈妈商量钱的事情时，总是背着我们孩子的。

我是跟邻村的一位男孩一同出发的，他就是高离。爸爸将我当成一个贵重包裹一样，很郑重地交付给高离，请他“多多关照”。我觉得很好笑，高离也就比我大了三岁呀。不过他在我们那一带很有名。两年前高离初三，我初一，我们在同一所乡中就读。那时我不认识高离。直到他中考时报考省重点，成绩全县第一，教育局到乡中来表彰他，我才看清楚他的长相。

是临近盛夏的一个午后，有炙热的气流在全身滚过，操场边的野草和野花疯长着，夸张地显示着一种磅礴和热情。在全校师生的瞩目中，高离披着一身夏天的亮晶晶的阳光，高高地站在领奖台上。阳光有些刺眼，他眯缝着眼睛，面向操场，沉静而腼腆地微笑着。这个有着炙热气流的夏日的午后，一直留在我的记忆深处。暑假第一天，我换了一个新日记本，在第一页，我用大得有点走形的字体写道：记住！两年以后报考省立重点中学！

二

我现在的这种游离状态，大概和我到校第一天的情景有关吧。

那天下午，我一跨进寝室门，就被一大片惊异的目光包围了——我吃力而笨拙地拎着几件小行李，傻瓜一样地立在门口。高离只将我送到离宿舍楼还有一小段路的地方，说，你自己进去好不好？有什么事再找我吧。说完就转身跑开了。我静静地站着，使劲克制着想叫住他，让他陪着一起进去的欲望，目送他的身影消失在拐角处。

我站立的地方是一条窄窄的水泥路，旁边有一些粗大的、有着长长枝条的垂柳。小路尽头的那幢三层的老砖房，就是学校的女生宿舍。大门口，有穿着花花绿绿裙子的女孩子进进出出。我又站了一会儿，终于拎起铺盖卷和装了几件衣物的小木箱，磕磕碰碰地进了寝室门。

首先反应过来的是一位胖胖的、有着满头卷发的中年妇人，后来我知道她就是关鸣的妈妈，是一位很能干的什么副主任。她见我傻乎乎站在门口，叫起来："你是新来的同学吗？哎呀呀，怎么就你一个人？"

我一下子涨红了脸，结结巴巴地说，爸爸妈妈都有事，走不开。

这时走过来一个女孩，说："你是江耘吗？就缺你啦！你的床铺在这儿，和我邻床。需要帮忙吗？"女孩有一张白皙的脸，身穿一件鲜红鲜红的束腰连衣裙，她就是关鸣。

关鸣毫不掩饰地打量我和我的几件寒碜的小行李，我又一次红了脸。我穿着一件毫不起眼的圆领衫，下身是一条灰色的长裤。在我们那里，只有小镇上的一些女孩才穿连衣裙呢，像我们这些放下书包随时都有可能要干活的农村女孩，一般都是穿长裤的。

在我的新同学和她们的爸爸妈妈一片闪闪烁烁的目光中，我开始笨拙地铺床铺，挂蚊帐。本来我可以做得很麻利的，小事一桩嘛，根本用不着劳动老爸老妈。但那一片目光使我难堪，并第一次有一种孤独、凄凉的感觉。

离家的滋味就是这样的吗？

我心里有些怪起爸爸来。我知道我不该怪爸爸，但是如果这时爸爸或妈妈在我身边，帮我整理床铺、清理杂物，而我，只需像关鸣她们一样，在旁边递递抹布、钉子什么的，装出一副大惊小怪、什么都不懂的样子，或者蹦到别的同学的铺位边去，就蚊帐、被子、准备贴到墙上去的小装饰，或者别的随便什么东西，胡乱发表一通自己的看法，然后快活地大笑几声，那么，我以后的日子是不是会好过一些呢？

三

开学第三天举行的摸底考试给了我信心。我的成绩在全班排名第三，在女生中排名第一。公布成绩的那天，我的心第一次像放飞的小鸟一样，快活得一刻不停地唱歌。对于一个学生来说，成绩总是最重要的，何况我们还是省重点呢。我想，我的处境也许可以稍微改变啦。

那天中午，我有点激动地坐在自己的床沿上，偷眼看关鸣整理书包准备上教室。今天她也许会叫我一起走吧？会不会呢？应该会的吧？我一手抓着放在床上的书包带子，随时准备弹起身来，跟关鸣（或她们中的任何一个）迈着那种有弹性的、青春的步子，一路叽叽喳喳奔向教室。

关鸣已整理好了书包。她已将书包挎上了左肩。她已迈动了步子。她从我的身边走过。鲜红的长长的裙裾飘起来了，在我腿上扫了一下，随后快速地朝门口飘去，一下子就隐没在门的那一边。

我低下头去，有些麻木地继续倾听着其他同学收拾东西的各种各样的声响，倾听着或轻柔或急促的脚步声从我床头响过——消失在门外长长的、有些潮湿的走廊里。

寝室终于静下来了，静得我能听到自己的心跳声。快上课啦，我告诉自己。我终于拎起书包，跨出了寝室门。锁门的声音使我忍不住颤抖了一下，在寂寞的、空无一人的楼道里，它听上去是多么多么的响亮啊！

我的成绩并没有给我带来意想中的好运气，相反，我似乎比以前更孤独了。其余的七位女生好像对我的成绩排在她们所有人的前面不大高兴，我有时甚至能感受到一丝敌意。在这种人为的、显而易见的冷淡甚至漠视面前，我真是一筹莫展。我最喜欢的时刻是在课堂上，这时我不用去理会外界的一切，只需全身心地沉浸到知识的海洋中去。各种各样的新知识像海水一样漫过我的全身，令我快慰，并令我满足。可下课的铃声总是不合时宜地响起，就像一串不祥的音符，一下子就敲碎了我一时的沉迷。看着别的女孩子三三两两互相招呼着急匆匆奔向食堂，我心里总是非常难过。我真不明白自己为什么非要在乎这么一些微不足道的生活细节，一个人走和两个人走有什么区别呢？还不是一样上课、吃饭吗？而且，现在是高中生啦，用不着像初中女生那样肉麻兮兮地勾肩搭背。我一个人在路上走着时，总是对自己说着这么一些话。这种时候，我真是想家啊！

公布成绩的同时，班主任姚老师开始正式任命班干部。关鸣被任命为文娱委员，我什么也不是。我一下子觉得非常不习惯。那几天我一看见关鸣心里就不高兴，因为从小学开始，“文娱委员”一直是我的专利。关鸣嗓子根本就没我好，就说上次团队活动课吧，她教我们唱歌，音量稍微高一些就唱不上去，只好降低一个八度，我们所有人也只好降低一个八度，结果唱得有气无力，特没劲。那一刻，我差一点就要冲上去代替她。

我知道自己一定在嫉妒关鸣。我确实嫉妒她，真的，她的命怎么就那么好呢？什么都不用费劲似的。我一点也不喜欢自己的这种心态，我并不习惯去嫉妒别人，可我还是忍不住去嫉妒，而且我还忍不住去一个劲地追究这样一个问题："姚老师为什么不让我当文娱委员而让关鸣当?"肯定不是功课方面的原因，好像与工作经验什么的也无关。难道仅仅因为我是一个乡下女孩而关鸣是省城的姑娘吗？是这样吗？我不知道是不是这样，我找不到别的原因。

这件事一直像一块沉重的石头一样压在我的心头。在远离家乡、远离父母的这个陌生的地方，我变得就像一只胆小的耗子，成天生活在小得说不出口、却又无法忘怀的种种琐碎的忧虑、烦闷之中。只有高离，是唯一与家乡有关联的人，可是他……唉，不说也罢！

四

一晃，星期六又到了。我喜欢星期六，特别是星期六放学以后的傍晚。一周的紧张学习终于告一段落，我可以心情很好地走在回寝室的路上——是的，一个人，心情也很好。黄昏特有的温柔气息总是如约地扑面而来，令我安静，并令我无端地感动。我喜欢这样的气息，并喜欢路上所有背着书包来来往往的女孩子。可今天这个星期六的黄昏，却始料不及地第一次伤害了我。

我是一个敏感的女孩子，有时别人一个眼神、一个手势，一个陌生的剪影，或远远的一帧风景，都有可能一下子深深地触动我。我容易被感动，也容易受伤害。这个黄昏对我的伤害，正是源于一个不经意的眼神，班主任姚老师的一个眼神。我没想到它对我的打击是如此之大，我一个人苦苦构筑起来的心理防线一下子全线崩溃。面对那个脏兮兮的小池塘，我流泪了，这是我远离家乡独自一人到这个陌生的地方念书以来第一次流泪。我咬着牙，痛下决心，放弃自己的梦想，抛弃这里的一切，回到我熟悉的、宽厚而温馨的家乡去。

这是初秋的一个美丽的黄昏，夕阳涂满了整个天空。我们班八个女生站在操场边，整齐地一字排开，一边往嘴里扒着饭粒，一边兴奋地叫喊着——操场上，我们班男生正在与（2）班进行篮球比赛呢。这是我们进校以来举行的第一次年级活动，所以大家都非常兴奋。男孩子们跃动在夕阳下的身影显得异常鲜明而生动，围观的人群发出的一阵一阵的呼喊声，惊飞了树上的鸟儿，在操场上空形成一股热烈的、蓬勃向上的气浪。我深深地沉浸在这样一种带着集体温情的、自己非常熟悉的氛围之中。入学以来的形单影只在这一刻一扫而空，刚才买饭时的那一点点小尴尬，更是被我抛到了九霄云外。那是每天都会经历的一点小尴尬：我总是掠过各色炒肉片，而选定最廉价的一种素菜。我不大敢乱花钱，怕万一有什么急需。像学校突然通知我们统一购买运动服，我就正好将身边积攒下来的一笔小钱交上去。我不想老麻烦家里。可是，如果我知道半个小时以后会是这样，我是无论如何也不会省这一次的！我怎么知道姚老师会来呢？我怎么知道呢？

我买了一份素炒豆芽，就站在了操场上呐喊的队伍中。篮球场上，我们班一位小个子男生突然高高弹起，像充足了气的皮球一样，一记漂亮的远距离投篮，中啦！我们班女生一下子像疯婆子一样叫喊起来，欢呼声足足持续了三分钟。

这时，我看见了姚老师，她正从操场的一角向我们走来，确切地说，是向我走来（我愿意是这样），我站在班上女生队伍的最边上。

姚老师是一个非常非常有风度的女人，她已人到中年，却仍有着姑娘般袅娜的身材。她喜欢松松地编一根独辫，穿一袭长长的素花的衣裙，像一片云一样，在教室里飘来飘去。她很爱笑，一笑一脸的灿烂，真是说不出的动人。我们班的女生都非常喜欢她，关鸣还时不时在她面前撒娇，就像姚老师是她妈妈似的。每当这时，我总是静静地站在一边，羡慕地看着关鸣她们跟姚老师亲如一家般谈笑风生，想象着十年二十年以后，自己是不是也能变成一个像姚老师这样气质优雅的女人。

现在，姚老师正远远地款款走来，我不知怎么一下就注意到了。姚老师也看到了我，脸上浮起一层笑意。我的脸有些红，使劲朝她笑着。我的心莫名其妙地咚咚跳了起来。我从来没有像关鸣她们那样和姚老师亲如一家地聊过天，而现在，机会来了。这夕阳，这跃动的场景，这热闹的、亲密的气氛，都告诉我机会确实来了。

姚老师已近在咫尺，我抿了抿嘴唇，刚要开口叫她，却见姚老师快速地朝我碗里瞟了一眼。我溜到嘴边的话一下子噎住了，只笨拙地举着碗筷，站在那里，看着姚老师身形优美地侧转身子，朝关鸣走去。那边关鸣早已娇脆地叫起来："姚老师!"

五

我第一次体会到"残阳如血"是什么意思，在我眼里一向温柔的、深入人心的夕阳怎么真的变得像鲜血一样呢？它们横一条竖一条的，胡乱涂抹在灰白灰白的天空上面。我躲在校园的一个少有人迹的角落，蹲在一个脏兮兮的、无人问津的小水池边哭泣。并没有发生什么大不了的事情，我一再地对自己说，可是没用，眼泪还是一颗接一颗往下滚，跌得到处都是。

渐渐地，天边的血迹淡下去了，淡下去了。四周一片灰暗。

我的脚早就蹲得麻木了，可我不想动。麻死好啦，反正活着也没劲。

突然，身后响起一个声音："你一个人待在这儿干什么?"

不用回头，一听就知道是高离的声音。这下我可找着发泄的对象了。就是怪他，考什么省重点，还披着一身阳光站在台上领奖，还眯缝着眼睛，而且，还笑！我想都没想就很不客气地对他说："用不着你管！我想回家!"

高离没在意我的不礼貌："是想家了吗?"

我说："不是'想家'，是'想回家'。我不想再在这儿待下去了，我要回家去念书!"

高离说："咦！你怎么和我两年前一模一样?"

什么?！我一下子站起身来，转过脸去。

高离很难得地笑起来，说："两年前，我刚到这里来的时候——穿得还不如你呢，你是女孩子——每个人都看不起我，班干部也没我的份，也没人肯跟我说话，问题是我的成绩很好，我真想不通。那时我也常一个人躲到这个角落里来，想回家。注意，不是'想家'，而是'想回家'!"高离又笑了一笑。

我顾不上理会他的笑，我都有点听呆了。

"后来，一个高三的男生跟我谈了一次话，他也是从乡下来的。他说：‘别认为一切都对你不公平，千万别这么认为。你来自农村，这注定你要比别人经受更多，这是现实。不要问公不公平，你只需把你的经历当作现实，然后坦然接受就可以了。’这是他的原话，我记得清清楚楚。”

一时间，我们都沉默了，听得见秋虫已开始在周围试探性地叫起来。

突然，高离有些紧张地朝右边望了望。我扭头一看，有两个男生在那边散步，正探头探脑地朝我们张望呢。

这下高离要溜啦，我有些幸灾乐祸又有些扫兴地想。

果然，高离说：“时间不早啦，我先走一步。”话音未落，他已转过身子，落荒而逃。我忍不住笑起来了，这是一个多么好玩儿的大男生啊！

夜风已略有凉意。我走在回寝室的路上，看着路灯下自己的影子慢慢地向前延伸。它爬过了一段小石子路，又爬上了一条小水泥路。水泥路上有横着的一根树枝，影子印上去，折了一折，很快就又平展了。慢慢地，影子淡下去了，淡下去了，最后终于完全消失——我已站在了灯火明亮的宿舍楼门口。

大个子沈放

那天黄昏，天空透着点有些奇怪的亮。我比这天空更奇怪，我居然背着书包停在了足球场边上。

足球场上当然有人正在热火朝天地踢足球，我们学校初中部足球队和外校足球队在打什么联谊赛。

大约站了几分钟，鬼才知道是怎么一回事，我突然对着一个错位的发球大声地叫出了一声“好”！站在边上的所有人，甚至包括站在老槐树上的小鸟，都知道我那一声叫好绝对不是真正的叫好，而是一种恶作剧。

可那个当事人居然会误读！而且误读得十万八千里之远！

我们班上很多女孩子迷足球，这是现在一种很时髦的爱好呢。我的同桌盖小黎就是其中之一，她一天到晚在我耳边聒噪："男生踢足球是一种美与力的体现！看文健那样的男生踢足球，简直是一种享受！你居然舍得不看？白痴啊！"

哈，白痴就白痴吧，我实在是对那玩意儿没兴趣——我知道这样说太老土了，可我没办法，我又装不来，我是一个诚实的人哪。

私下里，我仔细想了想，可能主要是因为我没那个耐心吧。要知道，我是一个耐性稀缺的人，想想看，长长的一个多小时里，就看一大帮男生在不明所以、无头苍蝇一样地跑来跑去，却连一个进球也看不到，烦不烦哪！

那天，我之所以会奇怪地背着书包停在足球场边上，是因为看见了一个奔跑的身影，这个身影特殊到让我不由自主地停住了脚步。

我生怕自己近视眼雾里看花地看错了，特意靠到足球场的边线上，使劲地盯着瞅，没错，那个奔跑的身影，竟然真的是二班的那个沈放呐!

说实在的，我跟这个沈放从来也没打过交道，说不认识，也是完全可以的。可是，正是这个家伙，却让我每次只要远远地望见他的身影心里就不爽，就有一种说不清道不明的感觉。因为，我的同桌盖小黎已经有N次满面笑容地告诉我：“刚才，二班的那个傻大个沈放又趴在他们班教室窗口偷偷地看你哦。打赌不？他绝对是迷上你啦!”

我们每次从教室外出——到操场去，到老师办公室，或者上厕所，都必须经过二班教室，他们教室的一排窗户正对着走廊。据说沈放的座位就在最后一个窗户的边上。

同桌盖小黎的笑是那种一眼可见的不怀好意的笑。周围的几个同学也跟着心照不宣地笑。我气得要命，可是却不知道该跟谁生气——我自己一次也没有注意到二班的那个傻大个，也就是沈放，在窗户边偷看我，并且还喜欢我。

我的同桌盖小黎是班上的时尚人士，也是班上所有最新消息的挖掘者和发布员。她的挖掘和发布向来以迅速、准确和权威著称，所以她说沈放喜欢我，大家就相信沈放是真的喜欢我，我再辩解也没用，没人听我的。当然，我本人也跟着大伙一道迷信盖小黎，所以我也相信那个傻大个沈放是真的老在偷看我，并且是真的喜欢我。

只是，这样的喜欢实属五星级的白色恐怖，它令我成了全班女生嘲笑的对象。

在这里有必要介绍一下我们班女生对大个子的看法。

以我的同桌盖小黎为首的本班女生一致认为，男生长成大个子总的来说是不错的一件事，不过，这其中又有本质的区别。比如，有一种大个子属聪俊似马型，那个被盖小黎一天到晚挂在嘴上的本班体育委员文健即是属于这一类型；还有一种大个子呢，正相反，属蠢笨如牛型，不幸，沈放正是属于这一种类型——他不仅腰圆膀子粗，拥有一张红扑扑的可笑的胖脸，更可怕的是，他的脑袋似乎是由糨糊填塞而成，尽管他一直非常努力，可他的成绩永远是他们班上的最后一名——从初一到现在的初三，一直如此。

后面这一点当然还是盖小黎告诉我的。说这些的时候，她的俊俏的脸蛋上一直挂着一抹坏笑。

被男孩子喜欢当然是一件好事，但被沈放这样又丑又笨的家伙喜欢——唉，我们全班女生一致认为，这简直是一种耻辱！

沈放是学校初中部足球队的候补队员，候补了一年，一次也没有轮到他上场。“文健才不会要他上场呢，笨得要命，反应那么慢！”班上的女球迷们如是说。文健是校足球队队长。

我傻乎乎地问：“那为什么要他当候补队员啊？”

我的问话引来了一大片嗤嗤的嘲笑声：“哈，那是因为他死皮赖脸非要当啊！”“据说他为此哭得死去活来，文健实在是没办法。”“怎么，为你的相好打抱不平啊！”

“呸呸呸！关我什么事了！”我边说边躲到了一边。

我于是与足球场离得更远。

可这一次是怎么回事？文健怎么大发慈悲，让沈放上场了？

就是怀着这样巨大的好奇心，我破天荒第一遭停在了足球场边上。我挨着足球场的边线，使劲地瞅。我看见沈放正在费力地追逐着那只一直朝前滚的足球。我想起班上同学说的蠢笨如牛型的大个子，忍不住咧开嘴，一个人乐开了。

沈放终于没能追上那只不听话的足球，足球在离我很近的地方滚出了界。

沈放弯腰捡球的时候，飞快地看了我一眼。

这是我第一次注意到他的目光，并且，第一次清晰地感觉到他眼睛里有一种特殊的光。盖小黎果然没有乱造谣！我心里被那种强烈的光微微震了一下，但随之涌上心头的却是受到莫名的侵犯一样的恼怒。讨厌讨厌，真是讨厌！为什么要这个样子看我啊！

当然，我是一个脾气比较好的淑女，我并没有将心里的恼怒流露出来。

沈放在发球前，又飞快地朝我看了一眼。

别的人可能感觉不到，但我感觉到了，他确确实实是在看我，而且眼睛里含着那样的一种热烈的光。

我的脸沉下来——这第二眼已经超出了脾气比较好的淑女忍受的范围。

可惜，沈放并没有看到我沉下来的脸，他正转过身子，飞起一脚——球腾空而起。我的天，那只黑白相间的足球准确而优美地落到了对方队员的脚下！

鬼才知道是怎么一回事，就是在这时，我突然嘴一张，大声地叫了一声：“好！”

周围围观的人群发出了一阵哄笑。他们知道这声叫好是在恶作剧哩。

我有些后悔自己的行为，我并不是一个喜欢在公众场合给人难堪的人。

沈放回过头来迷惑地看我。

为弥补自己不太得当的行为，我赶紧冲他咧嘴一笑。并且，我还很恐怖地像个真正的女球迷那样冲他挥了挥手，当然幅度很小。

我感觉自己的笑和挥手又尴尬又虚假，可是——谢天谢地！沈放居然没有感觉到，因为，他的脸上一点也没有不高兴的表情，他只是冲我万分惊喜地咧开嘴，并且，天啊，他还冲我使劲地点了一下头！他脸上的神情，就好像是我和他之间有着某种特殊的约定似的。

什么意思啊，这傻大个！

我被他吓坏了，慌忙朝四周看看。还好，我周围都是一些外班的人，我们班的球迷，都远远地站在球场的那边呢。

我再也顾不上理会他的感受了，赶紧溜之大吉。

可是，我已经为自己惹来麻烦了——

第二天，我跟盖小黎从厕所回来，快要经过二班教室门口时，沈放突然从里面急匆匆出来，与我们正好打个照面。他居然冲我熟人一样地微笑，然后，冲我“嗨”了一声！

我还没反应过来，盖小黎已经怪模怪样、粗声大气地笑起来了。

盖小黎的笑太嚣张，含义太明显，沈放立刻不安起来，他那张熟人的嘴脸转眼间变成了大虾的颜色。他狼狈地转身，低头蹿回教室里去了。

我这才想起来要愤怒。可恶！我们怎么就变成熟悉的朋友了?！就这么一副标准的蠢笨如牛的德行，谁要跟你做朋友啊！

“神经！”我冲着他们教室的窗户大声嚷嚷。

可惜，他们的窗户关得好好的，估计那家伙压根儿没听到。

不过，沈放与我打招呼也就仅此一次。此后，如果再迎面相撞，我老早就将脸扭向一边，目光也很明确地看着别处。沈放倒挺识趣，也就装成不认识我的样子，擦肩而过。

其实，我心里是有点不自在的。干吗呢，弄成这个样子，好歹也是一个年级的同学啊。可是，班里女生嘲笑不断，我只能咬牙这样坚持。还好我是一个死猪不怕开水烫的主，换了另一个脸皮薄的，不被她们的口水淹得爬不起来才怪。

此后，我再也没有到球场边上去过。

奇怪的是，关于沈放的消息，却突然地变得多起来，并且也越来越离奇了，就好像是一夜之间，那个傻大个被一个好心肠的巫婆施了魔法——

其一是，沈放每天上学不骑自行车，也不坐公交车了，他每天负重锻炼——背着重重的书包从家里一直跑到学校。仅仅一个月以后，他的奔跑速度和体形都发生了惊人的变化，再也不是那个拼命追着足球跑却永远也追不上的傻大个了。

其二是，有了速度和体力的保证，他的球踢得越来越好了，候补的位置已经离他远去，他已经成为球队的主力队员了。

其三是，沈放居然有了一大群正宗的女粉丝！有一大堆初一初二的小女生对他充满兴趣，只要他一上场，她们就死心塌地地站在一边，尖着嗓门为他摇旗呐喊。更可怕的是，连我的同桌盖小黎也变了，有一天中午，她居然不自觉地对我说了这样的话：

“知道不，沈放现在很帅的哦，他将头发往后一甩的时候，真是很有味哦!”

其四是，沈放居然接替文健成了校足球队的队长！虽然我不关心足球，但对班上的大帅哥文健还是比较关心的，所以这条消息震得我闷了老半天。我问：“为什么要替换？文健犯错误了?”盖小黎高声笑起来：“书呆子！文健是‘退役’啊!”原来，因为我们已经临近中考，文健以及别的初三的队员全部退役，只有沈放还留在队里，所以队长一职理所当然地由他接任了。

奇怪了，沈放不也是初三？他怎么非但没退役，反而当上了什么队长？他不参加中考吗?

这话我当然不便问，老实说我也没有时间关心这个。我正在为考重点高中而竭尽全力。

班上的同学也都变得老实了，大家都静悄悄地埋在书本里，沈放和足球的话题一日一日淡下去了，我和沈放的话题也一日一日淡下去了。偶尔，盖小黎会心有不甘地转转她那小眼珠子，说一声：“刚才在走廊，沈放又趴在他们教室的窗口看你哩。”我笑一笑，懒得回答她。盖小黎便也不再说话，重新乖乖地看她的书去了。

正像任何苦难都会过去一样，我们的苦难——中考也终于过去了。我发挥正常，凭我的水平，考上重点高中应该是没问题的。

在这个最轻松、最无所事事的初三暑假刚刚开始的时候，我收到了来自沈放的一封信。

奇怪了，他怎么想到给我写信？信里面会说些什么？

我迫不及待地撕开了封口。

沈放的字既粗且大，让人想起他刚刚消失不久的绰号“傻大个”，我忍不住微微笑了一笑。

青雨：

你好！

一直想给你写一封信，但怕影响你考试，所以拖到现在才写。

给你写信，没有别的事，只是想对你表示谢意。你应当还记得吧，有一次足球联谊赛，本来是轮不到我上场的，正好一名正式队员生病了，而一名比较强的替补队员脚崴了，所以我有幸被派了上去。那是我候补了一年后第一次参加比较大的比赛，我真没想到，你会特意前来观看（因为我知道你以前是从来不看足球比赛的），还大声为我叫好，并且还朝我挥手！你不知道这给了我多大的鼓励！

这是哪儿跟哪儿啊！我特意前去观看他踢球？我为他叫好和挥手？天！怎么可以有这样离题十万八千里的误读，实在是太滑稽了！

我对着信纸，忍不住大笑起来。

我以为我们已经是好朋友了。所以有一次，你从我们教室门口经过的时候，我特意赶到门口，跟你打招呼，想表达我对你的感激之情。后来的情况你也知道，我受到嘲笑，落荒而逃。

我这才知道，在你的好朋友眼里（她肯定是你的好朋友吧，我看你们一直在一起的），我是一个非常可笑的人。这一定让你很难堪吧！说实话，班上也有很多同学嘲笑我，我虽然难过，但也没有太在意。只有你的好朋友的嘲笑，让我深受刺激。那天晚上，我都没怎么睡觉，我躺在床上想了很多。我多么希望自己很出色，能让你感到自豪啊！

看到这里，我有点笑不出来了。我没想到，被称为傻大个的人心里其实是什么都明白的。

而我，盖小黎，还有很多很多的人，总是以为自己比别人聪明那么一点，所以可以无所顾忌地胡乱评判别人，嘲笑别人。

为什么会这样？

我停了好一会儿，才慢慢地继续将信读下去——

我知道，我的成绩是无可奈何了，其实我一直是很努力学习的，可成绩就是不行。所以，我也指望不上那个。于是，我就下定决心，一定要好好踢球。我没想到，如果真的下了决心，事情就会变得容易起来。我的球义（艺）从此有了很大的进步，我在班里的地位也有了很大的提高。同学们由以前的嘲笑我，慢慢地变得都对我好起来了。这一段时间我真是很快乐呢！

想起前一段时间听到的沈放不间断的新闻，我又一次笑起来。我现在有点知道沈放为什么会有那些新闻了。这一笑，我的心情也就从刚才的沮丧、自责中走出来了。

可惜你以后再也没到足球场边上来过。我不是怪你，我知道你学习一直很忙。我只是有点可惜，你没有看到我后来踢球的样子。不是我吹牛，人家都说我踢得不错的，还有一帮人专门站在一边为我加油呢！

我以后不上高中，读职校，所以我没有像其他同学一样到初三下学期就退出足球队，而是继续留在队里，并且担任了队长。我很自豪！我没想到，踢足球可以让我感到这么快乐和自信。

我知道你报考的是重点高中，你以后一定会上重点大学的！

我知道我们不是一路人，你那么出色，我却是一个学习上的逃兵。但我还是非常感谢老天，让我们初中在同一所学校念书，让我认识了你，并且教室挨着教室。你是我初中三年里最美丽的记忆——希望这样说你不要生气。因为，也许以后我们都不会再见面了啊！所以，我才胆敢写了这样一封信，真心希望你不要生气！

你不用回这封信，我只是想说一下自己的心情。

再见吧！让我再一次感谢你！

你的朋友：沈放

看到最后，我的眼睛潮湿起来。

我想起自己做过的一些事：我的没有根据的恼怒，我跟着班上女生对沈放顺风顺水的嘲笑和蔑视，我唯一一次站在足球场边时不怀好意的叫好，以及随后而来的对沈放更加过分的无视……

这样的回放让我触目惊心——我从来也没有意识到，自己原来是这样一个可笑的有着强烈虚荣心的小女子。

我慢慢地折好这封信，重新插进信封里，好好地放进我放宝贝东西的那个抽屉里。

我不知道我会不会给沈放回信。如果不回，那一定不是因为我看不起他，或还在恼怒他，那只是因为——我为自己感到羞愧。

大个子沈放，请原谅我！

两个女孩手拉手

一

“这是我的好朋友，你以后叫她欣姐姐，知道吗？”我仰头看着站在眼前的两个神气活现的中学生，点点头。

姐姐刚刚升入中学才一个月，就发生了很多莫名其妙的变化。

比如，她外出的时候再也不高兴带着我，她喜欢说：“唉呀呀，我有很重要的事，小孩子跟着不方便！”

这时站在一边的妈妈就会笑起来，她会说：“柳儿，别吵你姐姐，到妈这儿来。”

我便会瞪一眼姐姐，再瞪一眼妈妈，一个人跑到院子里去，胡乱地踢着满院的石头子。

再比如，姐姐嘴里开始经常蹦出一些很新鲜的名词，“朋友”就是姐姐说得最多的一个。

姐姐不仅喜欢说“朋友”，还喜欢在“朋友”前面加一个“好”字。有一天放学，姐姐脖子上挂着一块穿红丝线的闪闪发亮的玻璃片回家，我一见，扑上去就抢。但一向对我很大方的姐姐却很没风度地一把将玻璃片攥在手里，瞪着眼睛对我大叫：“干什么呀你！这是我好朋友送我的！”这种时候妈妈是不会帮我的，她只会说：“柳儿乖，下回妈也给你买。”

我不想要妈妈买，妈妈买的东西多着呢，身上穿的衣服、鞋子，上学用的书包、铅笔，哪一样不是妈妈买的呢？我多么想要一件也是“朋友”送的东西啊！

“朋友？你？你才上一年级，早着呢！”姐姐看着我大笑起来。站在姐姐身边，与姐姐一直手拉着手的一个女孩子也跟着笑起来。这是一个编着两根长辫子、长着一张圆圆脸的非常可爱的女孩子。

笑过之后，姐姐骄傲地对我宣布：“这是我的好朋友，你以后叫她欣姐姐，知道吗?”

欣姐姐对我笑一笑，拍拍我的头，与姐姐手拉着手，一齐转身走了。

我顾不上对姐姐的傲慢生气，我只是呆呆地站在门口，看着她们亲密无间的背影，心里膨胀着一股说不出的渴望和激情。朋友，朋友，这是一个多么美丽、多么诱人的字眼啊!

二

“你去办公室吗?”

“是，你也去吗?”

我望着手上捧着一叠本子、正准备跨出教室门去的这个女孩子。她正望着我沉静地笑着。我也朝她笑，我手上也捧着一叠练习本，要去办公室交呢。

穿过课外活动时间热闹非凡的操场，我的心里突然涌上来一股说不清楚的快乐。我的身边走着一个还很陌生的女孩子，她有一个尖尖的、秀气的下巴，很白净很白净的脸上弯着一双淡淡的眉。而且，她有着那样的一种沉静且好看的笑容哦！

还是在开学的第一天，我们的新教室里就围了一圈的女孩子。有一个女孩子在叫："嗨，老班长，你是不是还当我们的班长呀？"另一个女孩回过头来，打了她一下："哎呀，你别乱说！好不好？"一抬头，看见站在圈外的我，这个女孩有点不好意思地冲我笑一笑，淡淡的眉在她脸上干干净净地舒展着。

我没有走过去，而是一个人走到窗前，去看外面陌生的大操场。我感到一点点的孤独。我知道，我身后的这群女孩子，都是一个小学升上来的，她们都熟悉得要命。不过我也并不心急，现在我可是中学生啦，有那么多那么多的日子要在这儿慢慢地度过呢。

九月的夕阳下，满操场晃动着蹦蹦跳跳的男孩女孩的身影。但我听不见他们的声音，他们只像是一些在一层薄纱里晃动着的无声的背景。我侧过脸去看身边走着的女孩子，她也正侧脸看我呢。我俩就莫名其妙地笑起来。我的声音又亮又脆，女孩子的笑没有声音，仍是那种令人心动的沉静。这一来，我就敢开口说话了，我说："徐盈，你以前一直当班长的呀？"徐盈的脸有一点红，她说："是老师一直要我当的。"

现在徐盈不当班长了，她当学习委员兼语文科代表。我呢，当文娱委员兼英语科代表。我告诉徐盈："我从小学起就一直当文娱委员，进了中学还当。秦老师说，你有经验啊，你不当谁当？你说烦不烦！"

徐盈不说话，只看着我笑。

英语老师的办公室在一楼，徐盈先陪我去交英语练习本。戴眼镜的英语老师抬起头，发现自己桌前站着两个手捧着本子的女孩子，笑起来："哎哟，怎么交本子还成双结对的？才几天，就好得像亲姐妹一样呢！"

我和徐盈都有点不好意思，我赶忙放下本子，说一声"老师再见"，拽着徐盈就跑。

陪徐盈到二楼去交语文练习本时，我躲在门外，没敢再进去。

三

十点的钟声敲响了，我准时地爬上床去，却没有睡，我在想一个问题。

下午放学的时候，我与徐盈在校门口碰见了欣姐姐。欣姐姐的长辫子剪掉了，变成了两个严肃呆板的小刷把插在耳朵后面，她的脸与姐姐、与所有高三生的脸一样，透着一层紧张地要与什么拼搏的痕迹。

“欣姐姐！”我快乐地叫她，不管她的辫子和她的脸。我已经很长时间没有看见过欣姐姐了，我们学校没有高中部，她们读高中都转到了另一所学校。

“是柳儿呀，”欣姐姐停住脚步，温和地看着我，“都长这么高啦！”

“我已经上中学了！”我紧紧地拉着徐盈的手，希望欣姐姐的眼睛能落到徐盈的身上。

“真的吗？这么快呀！别光想着玩，现在可要好好念书哦！”欣姐姐礼貌地表示着她的欢喜和关心，举步欲走。

“欣姐姐！”我急了，猛喊一声。

欣姐姐惊讶地回过头来。

“这……这是我的……同学。”我突然变得结巴起来。

欣姐姐看着我们拉着的手，脸色一下子变得柔和起来："是一对好朋友，对不对?"

我羞涩地点点头。

现在我在想的问题是，为什么我没有使用"朋友"这两个字，却莫名其妙地突然说出了"同学"这一个最最普通的、到处都可以使用的词？而在心里，我确确实实是将徐盈当作我的最最好的朋友的啊！

我有些闷闷不乐起来，我问姐姐："姐姐，你和欣姐姐是不是还很好的?"

姐姐正坐在一盏灯罩压得低低的台灯底下用功，她用一种很散漫的声音回答我："是的呀！"

"那她怎么很长时间没上我们家来了呢?"

"哎呀呀，大家忙都忙死了，哪还有时间串门？谁像你，天天晃来晃去的没事做！"姐姐的声音大起来，但是她没有回头，她的眼睛仍然盯在书本上。

我突然想起临告别时欣姐姐托我带的话，赶忙告诉姐姐："我下午碰见欣姐姐，她让我提醒你明天别忘了将她借你的参考书带到学校去。”

“这个莫欣有毛病啊，才借了两天就催命似的催，今天上课她已经跟我说过三遍了！”

姐姐仍然没有回头，但我能清楚地看到她眼睛里的一团怒气。我没敢再说话，躺在床上睁大眼睛，看着姐姐被灯光打在墙上的一片夸张而模糊的身影。

四

“我觉得这部电影很好笑的，两个好好的朋友，怎么可能十年不通音讯的呢？十年呀，又不是十天！”我很生气地对徐盈叫。我的嗓门很尖，引得周围的人都看向我，我才不管！

“电影里都是这样的，还有小说里也是这样的，我上星期看一篇小说，里面说一对中学同学五年没见面，后来在街上碰见就不认识了！”

“不认识了？怎么可能？”我停下脚步瞪着徐盈，徐盈也瞪着我。

十年，五年，这是一些多么可怕的、长得看不到尽头的字眼！会有多少个日子要一天一天、一分一秒地慢慢挨过去！怎么可能什么都不发生，几个冷冰冰的字就好一笔带过去呢！

“这些人都有神经病！”我对徐盈下结论，徐盈毫不犹豫地点头。

这个美丽的暑假的夜晚是徐盈的生日。徐盈倾其所有请我看了一场电影，虽然这部电影有些莫名其妙，但我们还是很满意，因为我们是很少看电影的，我们身上也总是只有很少很少的一点零花钱。我准备送给徐盈的是一张外表有些粗糙的、看上去有点廉价的生日贺卡，可是，如果打开来的话……

在路口分手的时候，我郑重地将贺卡交到徐盈的手里。

一个人走在小镇麻石条铺成的街道上，经过三三两两坐在街边乘凉的人们的身旁，我的心里真是非常非常快乐。

我想象着徐盈在灯光下打开贺卡时惊喜的表情，她的可爱的淡眉毛一定会跳起来！

不想细说我整整花了一天工夫摆弄的贺卡里面是什么模样，这份喜悦是徐盈一个人的。

推开门回到家，发现山里来的姑婆不见了，姐姐也不见了。妈妈说，姑婆带姐姐到山里去住几天，白天怕热，特意赶夜路回去呢。

我的快乐的心情有一点沉下来。

姐姐高考落榜了。

还是下午的时候，我正躲在我和姐姐的小房间里忙着做贺卡，欣姐姐到了家里。

欣姐姐的刷把辫放下来了，变成了一头美丽的披肩发。见我盯着她的头发看，欣姐姐笑着解释："刚洗过头发的。"

欣姐姐的手里捧着一大堆参考书，她对姐姐说："千万别灰心啊，再好好复习一年！"欣姐姐的话与这些天来爸爸妈妈说的话一模一样。

我的心里不知为什么有些难过起来。我去看姐姐，姐姐的脸上一直笑着，姐姐的笑有点像镇口早餐摊上卖着的米粥，薄薄的，掬都掬不起来。

欣姐姐考上了一座神秘浪漫的沿海城市里的一所大专院校。

在我们这个小镇子上，能考到外面的城市里去念书，那是一件多么风光的事情啊！

我倚在窗口，久久地望着欣姐姐飘然远去的背影和她那飞起来的黑头发。

五

“老班长……”

“别叫我老班长！我说了别这样叫我！”

对面的女孩闹了个大红脸，她讪讪地擦身走了过去，嘴里嘀咕：“神气个什么啊！”

徐盈的眼眶红起来。

我不知该说些什么。这一个星期来，我一直在不停地说呀说，可徐盈不听，徐盈只说：“你体会不到，你不明白的。”

徐盈执意要辞去学习委员一职，我现在就是陪徐盈一起到秦老师那里去。“语文科代表当当还可以，学习委员再当下去很没趣的。”徐盈幽幽地说。

可秦老师不同意徐盈的辞职请求。秦老师是我们的语文老师兼班主任，他的理由很多，他说徐盈工作非常负责任，在班上很有威信；他说现在都初三啦，班干部没必要再换来换去。“而且，你又没犯错误，我凭什么撤你的职？”秦老师最后这样说。他根本就不理会徐盈讷讷地说出的关于自己成绩不好的话。

“秦老师以为这样对我好，其实他是在害我。”徐盈的眼眶又红起来。“我也不知为什么，自己越来越害怕。初一怕数学，初二开了物理课怕物理，现在又开了化学课……”徐盈的声音低下去。

“你到底怕什么啊！你能写那么漂亮的作文，为什么要怕那些功课？你别自己吓自己呀！”我对着徐盈大喊。我真是想掰着徐盈的肩膀使劲地摇，摇落下不知什么时候开始莫明其妙地堆积在徐盈身上的一些看不见的东西。我不喜欢徐盈的美丽的淡眉毛总是愁苦地挤在一起，我喜欢看它们舒舒展展地、淡淡地勾在那里的样子。

可徐盈似乎已经陷进去了，在我们都不知不觉的时候，她就已经陷了进去。我不知道在这里是不是该简单地用“自卑”这个词来形容。有着那样的一种美丽沉静笑容的徐盈怎么可能陷进这样一个看不见的洞里去？我想不明白，我也不愿相信。我告诉自己会有奇迹发生的，一切都会像它们不知不觉地来临一样，也会不知不觉地消失掉。

最开心的时刻还是在每天去交作业本的路上。我俩总是挑课间或者课外活动的时候去交作业本。有时只有一门功课的作业本要交，另一个人就会空着手陪着去。我们喜欢看操场上跑满的乱糟糟的人，而又听不清楚他们在说些什么。这种时候我俩会说一些自己的话题，与学习无关的。我仍然是尖着声音笑，徐盈呢，仍然是无声地笑。这时旁人也听不清楚我们在说些什么，声音再大也听不清楚。这正是我们想要的。只是，在我进办公室交作业本的时候，徐盈躲在门外，再也不肯陪着一起进去了。不过，戴眼镜的英语老师在路上碰到我们，仍会声音很大地叫："嘀，一对亲姐妹！"这时我们就笑，不再不好意思。

六

不，并没有任何奇迹发生。

“我要休学了。”这是开学的第一天徐盈对我讲的第一句话。

天气还很冷很冷，我们倚在教学楼已经很破旧的栏杆上，像鸟一样缩着脖子迎着冷风。我的嘴巴已经被吹得麻木了，已经不会开口说话。我只是用眼睛看着徐盈。我就一直这样看她。我不知道我的眼睛里有些什么，徐盈的眼泪又要流出来了，她叫：“柳儿，你不要这个样子！”

“可是，徐盈，你忘了吗？我们早已约好一直同学，一直同学，一直同到大学毕业！”

“我家里不想送我上大学，他们想让我考中专。现在休学，明年重读一年，把握就大一些。你知道，我弟弟成绩好，我爸爸说他有希望上大学的。”

“你弟弟？你弟弟才读五年级！你小学时成绩不比你弟弟好吗？”

“可我现在不行了，我自己知道。”徐盈低下头轻轻地说。

一星期以后，徐盈的爸爸到学校来为徐盈办休学手续。这是一个脸色苍白的小个子男人，说话声音低沉，从来不笑。以前我到徐盈家去的时候，最怕的就是徐盈这个脸色苍白的爸爸。看得出来徐盈也怕她爸爸，她爸爸在家的时候，徐盈说话的声音就特别低，而且，她总会不自觉地随便抓一本什么书在自己手里。我突然觉得，徐盈现在这个样子，一定与她的这个从来不笑的爸爸有关！

“真丢人！”徐盈的爸爸轻得几乎听不见的一句话却像一声惊雷在徐盈心中炸响，她的苍白的脸一下子变得血红。她不再看我，只低着头默默地跟在她爸爸身后，朝办公楼走去。

那一刻，我差一点跳起来，真想拾起脚下的半块破砖，朝那个讨厌的不会笑的人的背影狠狠砸去！

初三余下来的最后几个月，再也没有徐盈在身边了，我只能一个人来来去去地交作业本。在路上碰见戴眼镜的英语老师，她也不会再说“喃，一对亲姐妹”了。

中考的时候，我考入了离家五百里的一所地区重点高中。我像欣姐姐一样，将自己的所有复习书送给了徐盈，但我没说“好好复习”之类的话，这种话徐盈一天不知要从她那板着脸的爸爸那里听到多少回呢。

七

“只剩半年时间了，我不知道自己能不能考上。”徐盈凑近我，小偷一样地低语。

突然，隔壁房间的门“哐当”一声，徐盈像受惊的小兔一般抬起头来，她的爸爸堵在门口。

他冲我点点头，不笑，眼光直直地看向徐盈，也不说话，然后掉头走掉了。

我觉得自己的手脚一下子变得很凉。我站起身来告辞，徐盈匆匆忙忙抓起了桌上摊着的一本书，要送我出门。

我不让她送，自己很快地跑了出来。

然后，我就看见了欣姐姐。

欣姐姐像一只夏天的蝴蝶一样穿行在我们这个冷冷寂寂的冬日小镇上，她的洁白耀眼的配有细细高跟的长筒靴，她的短得不能再短的撒花紧身呢裙，还有她脖子上松松系着的一抹轻烟一样的丝巾，都令她像被人不经意地堆入杂物中的一幅世界名画，呈现出与这个小镇格格不入的一种情调。我眼睛花了好一阵才认出眼前这位一直对着自己笑的女孩子就是欣姐姐。

欣姐姐已经从学校毕业，就留在了她读书的那座海滨城市工作。

“柳儿，你姐姐她好吗？我下午要去看她！”欣姐姐圆圆的脸蛋在冬日的风里像一只可爱的红苹果，她眉宇间飞扬的神采一下子就抹去了我脑海中徐盈的尖下巴，在我的眼里牵出一丝遮也遮不住的羡慕和向往。

心里真是喜欢这样的神采，这样的飞扬在冬天里的神采。

飞奔回家告诉姐姐，但姐姐却在皱眉呢：“可是，下午我的同事说好了要来玩的呀！”

我说：“那正好，大家一起玩呀，人多热闹！”

姐姐看看我，不再说话。

姐姐现在有一份平平常常的工作。在再一次考学失败、寻死觅活了一场之后，姐姐平静了下来。姐姐每日里平和而认真的脸与欣姐姐一瞬间飞扬在街头的神采一样，同样是我喜欢而渴慕的。

可是，她们之间却不愿意再有交点。欣姐姐推门进来，坐在姐姐身边的那一刻，我感觉到了这一点。

不，并不是欣姐姐的装束。欣姐姐现在穿的是我们这座小镇上最最普通的一身冬装。我想这是她特意换上的。但是，这没有用。本来热热闹闹的房间里一下子有些冷清。

姐姐的两个要好的同事侧身坐着，脸上堆着客气的笑，不再说话。

“你说瘦猴呀，人家马上就要做爸爸啦！”

“真的呀！”欣姐姐叫起来，欢欢喜喜地笑，姐姐也欢欢喜喜地笑。

瘦猴是她们以前班上的一位男生。我不明白为什么姐姐和欣姐姐每次见面总要说什么瘦猴，要不就是什么瘦马，或者别的什么瘦某某。她们为什么不说说自己？比如，姐姐的工作，比如，欣姐姐的美丽浪漫的海滨城市。瘦猴瘦猴，连我都听烦了，她们自己不烦吗？

终于，欣姐姐起身告辞了。在转身离去的瞬间，我分明看见欣姐姐的眼睛里流露着一丝淡淡的伤感。姐姐正在关门，动作很慢。我想，姐姐的眼睛里一定也正流露着同样的神情吧——只是，她们一个在门里，一个在门外。

我跑进里间去，关上门，不想再看见姐姐明显地松弛下来的笑脸。

八

再一次去到徐盈家是在我拿到大学录取通知书之后的暑假。

因爸爸工作调动，我们家早已离开小镇，搬到了三面环河的美丽的县城里，这还是搬离后我第一次回去呢。

出乎我意料的是，想象中徐盈的脸并没有比以前更苍白，相反地倒比先前红润了些。

徐盈没有考取中专，她现在在一所普通高中里读书。

不敢过分流露自己即将跨入玫瑰色大学之门的那份喜悦，又不敢像过来者那样带着一丝隐藏的优越感对徐盈现在的学习情况问东问西，于是，在真诚地表露过再次见面的惊喜之后，我们坐下来，开始回忆我们几年以前的初中生活。从秦老师开始，一直到那个成天躲在教室的角落里照镜子的“小妖精”。

“‘小妖精’现在当兵去了呢，好不神气!”

“真的呀!”我叫起来。

突然间忆起几年前在我们家里的一幕，姐姐和欣姐姐在说瘦猴，对话的方式与我们现在的一模一样。

心里一下子不安起来，我站起身，对徐盈说：“陪我到校园里走走，然后去看望几位老师吧。”

徐盈看着我，轻轻说：“柳儿，别为难我。”

我便不再要求。

出门的时候，又一次碰见了徐盈的爸爸。他的脸比以前更苍白了，个子也似乎更小了。他很客气地冲我点点头，照例不看徐盈，自己进门去了。

“别送了，你回去吧。”我轻声对徐盈说。我对那个永远苍白着脸的父亲突然起了一丝同情。

“无所谓的，早已经习惯了。”徐盈的声音并没有放低，脸上有一种决绝、淡漠的神色。

几年前尖着下巴、绷着脸的徐盈，与现在这个走在身边的神色淡漠的徐盈，我不知道哪一个更真实。只是，初识时有着沉静美丽笑容的那个徐盈再也找不见了。不知道是什么在改变着这一切，如此含蓄，如此不露声色。

在徐盈的眼里，我自然也是一直在变着的吧。只是不知道自己划在她心底的，是怎样的一道痕迹。

徐盈将我送到校门口，自己慢慢地转身回去了。

九

我知道下面的文字在重复一个千篇一律的故事。我没法不重复，只因它在生活中确实千篇一律地发生着。

又是一个春节。家乡热闹的县城的街道上。

我挽着男友的胳膊闲闲地在人流中走着，看见什么好玩的东西就停下来掏钱买，用的不再是爸妈给的钱，而是自己用辛勤工作换来的薪水。

我早已步入社会，开始了自己在外省的生活。

“柳儿?”身边传来一声犹犹豫豫的叫声。

是站在身侧一个抱着小孩子的女子。短发，圆脸，枯黄的肤色，脸上蒙着一层生活的风尘。

我知道这一定是我小学或初中同学中的一位。我开始在记忆的库存里快速地搜寻。

没有结果。我只得茫然地望着她，尴尬地、万分抱歉地笑。

女子有些不可置信地望着我：“你不认识我了吗？我是徐盈。”

我忘了尴尬和抱歉，我像一个最最没有教养的乡野女子那样大声叫起来：“徐盈？徐盈！你怎么会变成这个样子?!”

还好，徐盈是有教养的，她的脸色变了变，却仍是真诚地望着我，说：“你倒没怎么变呢。”

我无法掩饰自己心里的震惊——对尖下巴、白皮肤的徐盈变成了街头随处可见的家庭妇女的震惊，对自己竟然真的认不出当年亲姐妹一样的人的震惊。我木木地伸手去摸徐盈手里抱着的小孩子的脸，我用一种变了调的声音问：“这是你的小孩子吗?”

小孩子毫不客气地大哭起来，伸出他的小手来打我。

在他小小的眼里，我是一个多么陌生的人啊！

算一算，与那年暑假和徐盈的相见，已经隔了整整五年半的时间。

初一的夏夜与徐盈一起看电影，骂人家神经病的镜头，都还清晰地映在记忆的网上呢。

开始是与徐盈通着信的，寄到她读书的学校里。后来，徐盈高考失败，死活不愿再读，在外面东奔西跑地过着自己的生活，音讯慢慢就断了。五年多的时光匆匆而过，在一个又一个的日子里，对我们各自而言，自然都是有着各自的故事的。只是，我们的故事不再有交点。这一段时间，确确实实只用几个冷冰冰的字就可以一笔带过——

五年过去了。

十

“小阿姨!”娇娇脆脆的声音在叫。

是表姐家的刚刚升入初中的女孩子，穿着洁白的衬衫、裙摆处嵌有白色花边的天蓝色的校服裙，她的身边站着一个与她穿相同衣服的梳马尾辫的女孩子。两个人仰着脸，未染有一丝灰尘的眼睛清清亮亮地望着我。

“小阿姨，书别忘了帮我找哦，要借给小吉看的!”

我微笑地望着眼前的两位女孩子，轻轻地、像怕惊醒一个梦似的问她们：

“一定是一对好朋友吧？”

两个女孩子脸红着，欢欢喜喜地点头。“一定别忘了哦！”不放心地加上一句后，女孩子转身拉着朋友的手跑掉了。

她们渐渐远去的白衬衫、蓝裙子，在阳光下一路闪耀着，晃出了我满眼满脸的泪水。

传　说

一

范明明完全是因为姐姐范聪聪的原因才进入天湖中学的。

天湖中学，是这座城市里最好的中学，是全城所有小学毕业生梦寐以求、削尖了脑袋也想要进去的地方。

范明明家境非常普通，爸爸妈妈是这座小城里的两个普通职员；她的学习成绩也非常普通，在一所普通小学的一个普通班级里居于中游偶尔还偏下的位置。像她这样的人，是完全没有可能进入天湖中学的。

可是她有一个姐姐范聪聪，一个比她大七岁、现在已经在F大学念二年级的姐姐范聪聪，一个在天湖中学就读了六年、名声响彻整个校园，甚至连食堂里烧饭的大师傅都知道她大名的姐姐范聪聪。

在天湖中学，关于范聪聪有很多传奇。比如，小升初的时候，她单枪匹马参加天湖中学的自主选拔赛，以总分第一的成绩名震全校。比如，在天湖中学就读的六年时间里，所有的大考她从来没有考过低于第四名的成绩，基本都是稳拿前三。她还是球类运动的高手，篮球、排球、乒乓球，样样精通。更夸张的是，凡是本市举办各种中学生竞赛，数学、物理、化学，甚至古诗文大赛，只要参加，她居然都手到擒来，拿下各种奖项。

对于这样一个女儿，范爸爸和范妈妈除了诚心诚意想着要烧香拜佛感谢老天，完全不知道其所以然。

当范明明被特意从大学里赶回家来的姐姐范聪聪拉着一起来到天湖中学的时候，她的心“怦怦”跳得好厉害。她既担心，又害怕，同时又充满着兴奋和期待。

天湖中学啊，她们班里没有一个人可能进入的地方！它的大门是多么挺拔威武，它的教学楼是多么庄严气派，它的操场啊，又是多么整洁宽广！

“喜欢这里吗?”姐姐问她。

“喜欢!”范明明怯怯地回答，“可是……”

“没有可是!”姐姐斩钉截铁地说，“你必须进入这里读中学!否则六年下来你不知要被这里的人甩下几条街了！再往后，你再怎么赶也赶不上了。”

姐姐的话让范明明怕冷似的缩了缩脖子。在小学，范明明过得很快乐，同学们也都过得很快乐。他们小学升初中，都是到附近的一所普通中学，不用考试，也不用担心会进不了。所以在小学考第一名和考最后一名也并没有特别大的分别，大家都没想过你追我赶的问题。

姐姐直接将范明明拉到了校长办公室。她对校长说：“校长，这是我妹妹，希望您同意接收她进入天湖中学。她资质很好，很有潜力。这六年里我会当她的辅导老师，我担保六年后她会像我一样考入F大学。”

范明明被姐姐的劲头吓傻了。她低下头，闭上眼睛，等着对面那个头顶已经秃了的、看起来脾气不太好的校长直接跳起来，把她们赶出办公室。

可是，校长不但没有跳起来，还心平气和地开口说话了，说的竟然是："好，范聪聪，我相信你。"

范明明吓得一下子睁大了眼睛。她看到，校长正笑眯眯地看着她，姐姐也正笑眯眯地看着自己。

就是这样，做梦一样，范明明取得了进入天湖中学的资格。

"这是真的吗？"秦晓畅瞪大眼睛看着范明明，"你这样就可以进入天湖中学？"

范明明有点难为情地点点头。

秦晓畅咬了半天嘴唇，然后说："好吧！谁让你是范聪聪的妹妹呢！有那样的姐姐真好！"

这下范明明不难为情了，她很开心地点点头。

"可是，这样的话，我们以后就再也不能在一起上学了！"秦晓畅又一次瞪大眼睛看着范明明。

是啊！这一点，正是让范明明最伤心也最害怕的事情。她以后会跟她们班的同学分开，一个人去到一个完全陌生的地方。而就在一个月以前，她还跟秦晓畅约好，以后进了中学，她们要继续做同桌，一直同桌到考上大学为止。

没想到分别来得这么快。

范明明默默地挽起了秦晓畅的胳膊。

二

其实，范明明完全错了，一个人去到一个完全陌生的地方根本不算什么，因为进入天湖中学的同学，基本上都是自己单枪匹马闯关血拼进来的，根本就不可能有成群结队的现象。

什么是令人最害怕的事？这一点，范明明在开学一个星期以后就刻骨铭心地知道了。

最可怕的事情是——课堂上，范明明拼尽全力跟着老师的话语跑，可一眨眼间她就会被毫不客气地扔下！而且，全班同学，好像就她一个人会被扔在半路上。当她还在捉摸老师前一句话的时候，老师的思维早已经不知跳到哪里去了。

一堂课下来，范明明觉得自己满脑子都是没有打结的线头，它们晃晃荡荡地吊在那里，随便一拉，就满盘皆散，溃不成军。

这究竟是怎么一回事呢？明明都是新课，明明都是跟小学完全不一样的全新的知识，可每次老师刚刚挨到一点边，全班同学就都哦、哦、哦，全部露出一副恍然大悟的样子，老师就开心地笑，说："我知道这个简单，大家都清楚。那我们就往下走吧。"

为什么大家都清楚？我就不清楚啊！范明明在心里狂喊，左右四顾，看看是否还有人跟她有同感。可是，她看到的，是一张张自信地微笑着的、没有一点困惑的脸。

几天的时间下来，范明明完全摸不着东南西北了。

终于盼到星期五了，一个学习周的最后一天。下午，放学的铃声一响，范明明就背起书包，急急忙忙向校门口跑去。

秦晓畅说好今天要来参观天湖中学的，她已经在校门口等了一节课的时间了！

"你们怎么星期五下午还有这么多课呀！害我等那么半天!"范明明气喘吁吁朝秦晓畅跑过去的时候，老远秦晓畅就噘起嘴巴，很不高兴地埋怨。

范明明扑过来一把搂住秦晓畅："哎呀，秦晓畅见到你真好！"

秦晓畅"扑哧"一声笑起来："范明明你不要这么肉麻好不好？好像我们分开了多久似的！"

"是真的！"范明明紧紧拽住秦晓畅的胳膊，拉着她往校园里走，"这一个星期过得真是漫长呀，我感觉自己快要死掉了一样！"

秦晓畅没工夫听范明明发牢骚，她贪婪地用眼睛攫取着扑面而来的一切。这里就是天湖中学啊，传说中的天湖中学！如果不是范明明突然到这里来上学了，秦晓畅这辈子也不会想到要到天湖中学来看看。她跟这所学校实在不会有任何交点。

"哇，名校果然不一样啊！瞧你们的教学楼长得真好看！啊，还有电教楼？还有实验楼？啊，不是吧，竟然还有美术楼和音乐楼？"

"你们的操场真大呀！还有足球场呢！草地上难道是真的草？真的吗？不是假草啊？我们学校的全是塑料草啊。"

"哎，你看看这些牛娃！他们走起路来感觉都不一样啊！一个个腰杆笔挺，脸上好像都涂了一层光一样！"

秦晓畅一路大呼小叫，引得路上走着的同学们纷纷侧目。

范明明用劲一拉，把秦晓畅拉进了一条两边长满了大树的小道上。

“哇，这么高这么大的树！这些树都长了多少年呀！”范明明的举动一点也没有影响秦晓畅的心情，她就地取材，继续发表新的感叹。“哎呀，这里竟然还有一个鸟窝呢！”秦晓畅突然停下了脚步。

范明明抬头一看，可不是！一个在这座城市里难得一见的很大的鸟窝，就高高地筑在那棵粗手大脚朝上伸展的不知什么树的枝丫间。她在这条小路上走过好几次，从来没发现呢。

“你们学校真好！范明明你就在这里读书呀，而且要读六年！真好！”秦晓畅一屁股坐在大树底下的一块大石头上，看着范明明，满脸满眼都是羡慕的神情。

秦晓畅红扑扑的脸蛋、一路脆豆子一样往外迸的话语，还有树上那个可爱的鸟窝，让范明明完全忘记了自己刚才在课堂上那东扑西颠跌跌撞撞的狼狈样。她挨着秦晓畅坐下，挺得意地一扬头：“那可不！我也好喜欢我们学校呀！你不知道，在那边我们还有一个很大的体育馆，里面还有温水游泳池呢！不要太高档哦！

我一会儿就带你到那边去看看！”

秦晓畅一下子跳起来：“那现在就去吧！我还从来没见过温水游泳池呢！”

“好吧！”

范明明话音刚落，口袋里的手机响了。她掏出来一看，对秦晓畅眨眨眼睛：“我姐姐电话呢！”

“你在哪？怎么还没回家？”范聪聪的声音疾风一样扑进范明明耳朵里。

“啊？姐姐你回家了吗？我还在学校里呢，我一个小学同学……”

“赶紧回家！现在马上！我明天中午就要赶回学校，我给你补课的时间满打满算也就五六个小时。”

不等范明明再发出一个音，姐姐就把电话挂了。

范明明举着手机看着秦晓畅，一下子回不过神来。

三

今天的晚餐多了好几个菜，范妈妈没想到开学离家没几天姐姐就又从学校回来了，她开心地给这个上天送给她的宝贝女儿夹着菜："多吃一点儿！瞧你的脸又瘦了一圈了。怎么上个大学比人家高中生还忙！不是说上了大学就轻松了吗？"

范明明赶忙转过头去仔细瞧姐姐，真的呢！姐姐的脸好像比上周离家时又瘦了一点儿！这个暑假，姐姐基本上是在学校度过的，就是快要开学时回家待了一周。她说她暑假要上小学期，赚学分，这样到大三大四就可以有更多的时间做别的更重要的事情了。范明明觉得自己完全不能理解姐姐的三观，都上了那么好的大学了，怎么还要这样拼了命地学习？连个暑假都不能好好过！

可姐姐是这样说的："天外有天，人外有人！进入F大学的全都是全国各地的尖子生。不拼就垫底了！"

范明明吓了好大的一跳，她第一次听说，上大学了还有垫底的说法，而且，姐姐这样的人怎么可能垫底呢！她眨巴着眼睛，怯怯地问姐姐："在大学里，垫底会怎么样？"

姐姐说："只要学分修满了，垫底也不至于毕不了业。但如果绩点不排在前面，不光是拿不到奖学金，到时候到国外交流、保送研究生……所有的好事都没你的份！"

范爸爸也像范明明一样眨巴了半天眼睛，才问他的宝贝大女儿："这么好的大学，毕业以后找个工作肯定没什么问题吧？"

姐姐点点头又摇摇头："工作也有好有坏呀！何况我又不想马上就工作，我还想到国外去留学的。"

"啊？"范妈妈一下子叫起来，留学的问题她可从来没有想过。"要留学的话，需要准备多少钱？你要早点告诉我们呀。"她满脸紧张地对女儿说。

范聪聪扑哧一笑："放心啦！我会申请全额奖学金，家里花不了多少钱的，不用特意准备。"

范明明吐了吐舌头，跟着姐姐一起笑了。妈妈的样子很可笑，看起来像个认真而紧张的小学生。

姐姐立刻转向范明明："你快点吃！吃完我给你补课。钱老师说，你好像在课堂上非常忙乱，跟不上老师的思路。"

啊，钱老师居然向姐姐汇报？范明明吓得一下子睁大了眼睛，看着姐姐。

钱老师是她的新班主任，也是她的英语老师。

姐姐拍拍她的头："钱老师以前可是我初中三年的班主任啊，她最喜欢我了。她答应我好好待你的，你可要努力一点，不要让钱老师失望哟。"

范明明立刻蔫了。她嘴里嚼着一块红烧肉，含含糊糊地说："我是很努力的呀，我上课一秒钟都不敢走神！但是好奇怪啊，明明是新功课，班上同学为什么好像都学过一样？他们真是太聪明了！姐姐啊，我觉得我好像不适合这里……"

"别傻了，他们哪里是聪明，他们本来就是提前学过的！要参加天湖中学的自主招生，不提前学初中的课程怎么可能考进来？我当时也是自己提前学的。"

啊，怎么是这样的？为什么我从来不知道？范明明张着嘴，傻傻地看着姐姐。

姐姐笑着拍拍她的脸颊："哎，赶紧把那口肉咽下去吧，脏死了！都是姐姐的错，去年刚进大学那会儿，一下子各种跟不上，非常忙乱，所以我当时也没想到这个问题。不过现在补课也来得及，相信姐姐!”

“姐姐怎么会跟不上?”范明明“咕咚”一声吞下那块早已被她嚼得稀烂的肉，有点受到惊吓似的问。

“这个你不用操心，管好你自己就行，知道吗?”姐姐有点恼火地盯着范明明。

范明明惶恐地朝姐姐点点头。

四

送姐姐挤上开往高铁站的公交，范明明一个人慢吞吞往回走。

公交到高铁站半小时，高铁到姐姐学校所在的城市半小时，可是从那边的高铁站到F大学，要差不多两个小时。那里是一座很大的城市，跟家里的这个小城完全不一样。

姐姐说，就为了给你补课，我每两周要在路上浪费六个小时的时间。所以你自己要努力啊，抓紧一切时间，好好补课，这个学期一定要赶上班上同学，如果拖下去就麻烦大了。

姐姐说好每两周回来一次给范明明补课。每次周五下午回来，周六下午赶回学校。

但姐姐刚才是空着肚子走的，也不管爸爸妈妈已经烧好一桌子的菜。她说她随便在路上买点儿吃的就行，因为她要赶回学校去做一个周一课堂上要用的PPT，如果赶不上这趟高铁的话，时间就来不及了。

刚才姐姐踏上公交的一刹那，还回过头来交代范明明："赶紧回家吧！先把那些题目做完，再预习一下新功课，这样下周就不会太抓狂了！"

范明明可是很认真地朝姐姐点了头答应下来的，可是，现在，她一点儿也走不快。从昨天吃完晚饭，到今天整整一上午，她的脑袋被姐姐快速塞进去各种东西。它们以各种各样的形状梗在脑子里，互不相让，让范明明觉得脑袋比平时重了一倍不止。她一路慢慢地晃着，希望能把那一大堆乱糟糟的东西晃得妥帖一点儿。

"范明明！"

一辆自行车横在了范明明身前。

"栗子哥呀！"看着巅着一条长长的腿潇洒地跨坐在自行车上的男孩，范明明开心地叫起来。

栗子哥是姐姐小学时的同学，个子高高的，长得特别帅气。还在范明明上小学的时候，每次见到范明明，他都要亲热地打招呼，就好像他是范明明最亲爱的哥哥一样。好几次，他还给范明明买棒冰吃呢，搞得很多小女孩都非常羡慕。秦晓畅说："哼，栗子哥一定是喜欢你姐姐，才对你这么好吧？"

这个范明明可不清楚，因为栗子哥从来没有表达过这样的意思。他只是偶尔这样问："你姐姐呢？还好吗？学习很忙吧？替我问声好，好不好？"

但她希望这是真的，因为她很喜欢栗子哥，她希望姐姐也能喜欢栗子哥。有一次，她真的将栗子哥的问好带给了姐姐。姐姐正趴在书桌上做题目，她头也不回地说："我小学同学？栗子哥？谁呀？小学同学谁还记得呢！真是有空的哦！"然后她转过头来，皱着眉头看范明明："你小小年纪管这么些乱七八糟的事情干什么？有这时间，不会去背背单词读读课文？"

姐姐的话让范明明讪讪地挺不好意思，下次再见到栗子哥，她也不好意思再吃他买的棒冰了。可是栗子哥一点也不在乎，而且，他也并没有问起范明明有没有把他的话带到，他好像也并不需要姐姐的回答呢。

“怎么一个人丢了魂似的在这里晃呀？”栗子哥看着范明明，笑着问。

栗子哥笑起来真的很好看呀！眼睛眯缝着，嘴角微微往上翘着，盛开的脸颊上好像有开心的光点在跳舞，笔挺的鼻梁好像也在表达着偶然相逢的惊喜。范明明真希望姐姐现在也在这里，亲眼见到栗子哥现在的模样。

“我刚送姐姐上公交去高铁站呢。”范明明回答。

“啊，你姐姐回来了吗？我刚刚还碰上那辆公交车！”

栗子哥说完这句话，长腿一点地，蹬上自行车就跑，可蹬了两圈，他又突然停下来了。他扭过头来，见范明明正在身后睁大了眼睛看着他，怪不好意思地笑一笑，说：“哎，我傻吧，竟然想去追那辆公交！”

“你是想去追我姐姐吗？”范明明脱口而出。

“也不是吧！就是……”栗子哥停顿了一下，好像在想着要怎样表达，“暑假一直没见你姐姐回来，可没想到刚才她竟然在那辆公交车上呢……就这么擦肩而过……哎，好像有点说不清楚了，小妹妹再见吧!”

栗子哥说完，蹬上自行车跑了。

站在马路边上，范明明一个人笑了起来。

看来小伙伴们的那个传说是对的，栗子哥也许是真的喜欢姐姐吧！可是，姐姐竟然完全不知道这件事情！姐姐好像也完全不想知道这件事情!

看着栗子哥消失的方向，范明明心里怅怅的。

秦晓畅说过：“你姐姐是不可能看上栗子哥的，栗子哥就上个职业大学，他怎么配得上你姐姐呀。我看栗子哥完全就是单相思，单相思的人会很惨的。”

这个问题听起来好复杂，范明明搞不清楚。她只是觉得心里有点难过，为栗子哥，也为姐姐。姐姐人人都羡慕，可栗子哥这样的，范明明觉得也很好呀。

五

星期一一天下来，范明明觉得呼吸顺畅了不少。

看来姐姐补课很有效。姐姐主要为范明明补数学，星期一正好有三节数学课，当老师讲新课，全班同学又是心领神会地哦、哦、哦的时候，范明明发现自己也可以跟着哦、哦、哦了！这三节课的内容，姐姐正好为她提前讲解了一遍！

哈哈哈！放学的时候，范明明神清气爽地在心里大笑了三声。

星期二一天，范明明勉强跟得上。

可是到星期三，一切都不对劲了。因为当天晚上，她拼尽全力完成了当天的作业后，实在再也没有精力像姐姐交代的那样，自己提前预习新课，除非她晚上不睡觉！可是她想不睡觉也没用，她的一双眼皮早就打架打老半天了！所以，第二天的课堂上，她发现自己又被扔，不，是被“拍”在半路上了！

更糟糕的是，不仅仅是数学，她不是很怕的英语，竟然出现了更可怕的情况！

当钱老师用幻灯片打出一篇文章的前面几节，说以后每节课他们上完新课，都要留出十分钟的时间做一篇课外阅读的时候，范明明诧异地睁大了眼睛。范明明发现钱老师锥子一样的目光盯着自己，吓了一大跳，赶紧集中精力去看那篇文章。这一看，范明明吓坏了，通篇都是她不认识的单词啊！她赶紧翻看词典，可才查了三四个单词，她就发现周围所有同学都已经举起了右手。

钱老师刚才说过，读完了就举手，她好往下翻。

这时，不是钱老师一个人在看她，而是全班同学都在看她了!

范明明吓得丢下词典，赶紧举起手。

她看见她的同桌葛珩嘴角边浮起一丝含义不明的笑容。

钱老师不再看她了，她将幻灯片翻到了下一页。

等再次翻页的时候，范明明直接放弃了。

钱老师很给她面子，做题目的时候，她一次也没有请范明明起来回答问题。

下课后，钱老师来到她座位边，对她说："以后每天背三十个课文以外的生词，坚持一段时间就好了。"

范明明机械地点点头。

如果她能省下一日三餐吃饭的时间，她就可以完成这个额外增加的任务了。

可是，她不是神仙，她得吃饭的。她可不想年纪轻轻就饿死。

放学了。范明明背上书包，慢吞吞走出教室，融入放学的人流中。

果然像秦晓畅说的，这里的牛娃们，全部都腰杆笔挺，脸上都像涂了一层光，闪闪发亮。

范明明强烈地感觉到，自己与这里是多么不协调，自己真的不该属于这里。

手机响了，居然是秦晓畅的电话。

咦，为什么这个点打电话？难道秦晓畅有心灵感应，知道范明明在想她说的话吗？

范明明疑惑地接起电话，秦晓畅兴高采烈的声音就像一群乱飞的麻雀一样直愣愣地扑进她耳朵里：“哈哈哈，范明明我们明天放假啦，后天也放假！因为全校出现好多例流感，学校吓死了，所以把我们全体赶回家！你们是不是也放假呀？晚上我们一起去看电影，好不好？那个迪士尼动画片马上就要下架啦！”

范明明莫名其妙地回答她：“流感？放假？我们这里没听说呀！”

“唉，你们真不好玩！”秦晓畅哀叹一声，“那你晚上可以去看电影吗？等到周末就来不及啦！”

可不是嘛！那个片子很多人都说好看，一定要去看。她俩本来计划好上个星期六去看的，可谁会想到姐姐突然跑回来给范明明补课呢。上个星期天，秦晓畅又有事，所以她们的时间一直没凑到一起。

“我不行啊，每门课都好多作业，每天都要做到半夜……”范明明挣扎了半天，咬着牙哼哼唧唧说出这些话。

“可是星期五电影就要下架了呀！”秦晓畅急得跳脚。

“可是我真的不行啊……”范明明差一点就要哭出来了。

“好吧好吧，你就好好学习吧！我找别人去。我看我们以后呀，就跟栗子哥和你姐姐一个样！”

秦晓畅说完，挂了电话。

范明明这一下真的哭起来了。

秦晓畅这个坏丫头，她明明知道范明明多么想跟她一起去看那个电影，可是她明明更知道即便借范明明一千个胆，她也不敢不做作业跑去看电影！她最后那句话，说得多么戳人心呀！

六

范明明做梦也没料到，因为流感爆发，她们学校也放假了！虽然比秦晓畅她们迟了一天，但毕竟星期五不用上学啦，那么，星期四的晚上她就可以不用赶作业了。

她第一时间打电话给秦晓畅。

秦晓畅嘿嘿地笑起来："我默默地告诉自己，再等你一天，等到电影下架的最后时间，我也算是仁至义尽了。没想到我们运气还不错噢！"

范明明也嘿嘿地笑起来，这两天来心里的阴霾一扫而空。

半小时后，两人在家附近的那家电影院门口碰头了。为了感谢秦晓畅的等待，范明明在电影院门口买了两个三明治和两份饮料，算是请秦晓畅吃晚饭。

两人狼吞虎咽吃完三明治，正要进场，范明明突然收到姐姐一条短信。姐姐说，钱老师告诉她明天学校放假的事了，她这周回不了家，让范明明明天坐高铁到她学校去，一方面她可以抽空帮范明明补课，另一方面范明明也可以参观一下学校，加深一下主观印象。

秦晓畅把脑袋挨过来，两人头挨头看完了姐姐的短信。

“哇，我明天可以到F大学去了！”范明明举着手机欢呼起来。

秦晓畅满眼羡慕地看着范明明：“我也想去呀！”

“啊？你想跟我一起去吗？”范明明呆了一下。

秦晓畅撇撇嘴：“小样！谁要跟你一起去了？我可不要去你姐姐那里补课！”

范明明一甩头：“哼，我姐姐在外面给高中生补课，一小时收费两百块呢！你以为你想补就补！”

秦晓畅叹口气：“一说起你姐姐骨头就轻了！好吧，不跟你计较了，反正我只有羡慕的份！”

范明明亲热地碰碰秦晓畅：“哎，我说，下周我姐姐回来给我补课，我给姐姐说说，你也一起补吧？”

秦晓畅眼睛亮闪闪起来：“可以吗？你姐姐会愿意吗？”

范明明想了一下，笑起来：“我也不知道！但我会告诉她你是我最好的朋友，她会听我的，毕竟，我是她唯一的妹妹嘛！”

说到这里，范明明很得意地朝秦晓畅扬了扬下巴。

“你得了吧!”秦晓畅大笑起来,“我看从小到大只有你听姐姐的份,从来没见你姐姐听过你的!我问你,如果你姐姐现在不许你看电影,必须马上回家复习功课,你敢违背吗?”

范明明急了:“我姐姐为什么不许我看电影?我又不是一台学习机器人!”

“我是说如果啊!快回答!”

范明明吸了一口饮料,想一想,正要开口说话,她的手机突然响起来了。

居然正是姐姐打来的!

范明明看一眼秦晓畅,脸色有点变了。秦晓畅憋住一口气,做手势让范明明赶紧接电话。

“嗯,姐姐,是。我现在在电影院门口呢。”

天,这孩子怎么这么傻!不会随便说个别的地方吗?秦晓畅吓得一下子捂住了自己的嘴巴。

“可是,姐姐,我很想看这个电影啊,大家都说很好的。而且,我是跟我最好的朋友一起看,她一直等我到电影要下架了呢!我不能让她白等!”

范明明看起来很紧张，抓着手机的手指都发白了。可是，她说的话倒是一点没含糊。

唉，这个话也说得出口！范明明不会被她姐姐抓着头发狂扁吧！秦晓畅在心里哀号一声。

范明明挂掉手机，像个女英雄一样看着秦晓畅："听到了吧？这就是我对你刚才那个问题的回答。"

秦晓畅满脸担忧地看着范明明："你姐姐怎么回答你？"

范明明说："她没说什么呀，只是沉默了一会儿，然后叫我看完电影就回家，还说要注意安全。"

秦晓畅跳起来搂住范明明："好吧！你够气派！够朋友！够胆！下次我请你吃大餐吧！"

两个女孩嘻嘻哈哈、搂搂抱抱、东倒西歪地进了电影院。

七

范明明做梦一样地随着姐姐走进F大学体育场的乒乓球室内。

刚才，姐姐从地铁站接到她以后，就直接将她拉到这里来了。因为姐姐快要到上课时间了，如果迟到要被扣分。

这学期的体育课，姐姐选的是乒乓球，这可是姐姐的强项呢，姐姐说她一定可以拿到A，运气好的话还可能A+呢。

姐姐到休息室换衣服去了，范明明坐在旁边的长条凳子上，兴致勃勃地环顾着并排摆了长长一排台子的阔气的乒乓球室，只见一个穿着一身运动装、长着一张圆圆脸的可爱女孩朝她这边走过来了。

“小妹妹你是谁呀？怎么一个人坐在这里？”她朝范明明笑笑，挨着她坐下来。

这个是姐姐同学吗？看起来很小啊。范明明紧张地看着她，说：“哦，我……我们学校流感放假，我到这里来看我姐姐。”

“看姐姐？”女孩仔细看她一眼，“你是范聪聪的妹妹吗？长得很像的。”

“对呀对呀！”范明明高兴地说，“你是我姐姐的同学吧？”

女孩摇摇头：“我比她低一级，不过我们在一起上乒乓球课，我是她搭档呢。你姐姐乒乓球打得真好！我运气太好了，抽签能抽到你姐姐这样的高手学姐。如果这个学期能跟着她练下来，我相信我也会跟你姐姐打得一样好的!”

范明明看着女孩圆鼓鼓的脸蛋，亮晶晶的眼睛，没来由地心里觉得很喜欢。她使劲朝女孩点点头。

女孩从口袋里摸出一块大大的巧克力递给范明明：“这个给你，吃吧。法国巧克力哦，很好吃的，”然后又从口袋里摸出一块，朝范明明眨眨眼，“这一块，是我要讨好你姐姐的哟!”

范明明看着女孩笑起来。这个小姐姐真是很好玩呢!

“不过，”女孩朝范明明吐吐舌头，四周看看，靠近范明明身边耳语，“你姐姐好像有点嫌弃我呢！我乒乓球确实打得不好，我很担心她会把我给踢了。”

“哈哈，怎么会呢！我姐姐会带着你打的……”

范明明话还没说完，却见女孩一下子站起身，声音很响地说：“学姐好!”

范明明一看，是姐姐过来了。

姐姐朝范明明摆一下手，然后看着女孩，眉头皱起来：“同学，我正想跟你商量一件事。”

女孩一下子紧张起来：“什么事啊?”

“我觉得我们搭档不太合适呢。我希望你另外去找一个水平相当的，我也另外找了一个。这样我们各自都不会耽误。”

“啊？”

范明明和女孩一起张大了嘴巴。

“抱歉哦！”姐姐话音未落，已经转身朝一个正走过来的高个女孩迎过去，“嗨，在这儿呢！”

圆圆脸女孩手里举着那块巧克力，傻乎乎地站在那里，看着姐姐的背影。

“对不起啊！”那一刻，范明明觉得自己快要哭出来了。

“没事，”女孩看看范明明的脸色，伸手拍拍她的脸，“你比你姐姐可爱。”然后将手里的巧克力塞到范明明口袋里，转身跑开了。

姐姐已经跟高个女孩占据附近的一张台子打起乒乓球来了。她们两个人确实旗鼓相当，只见她们腾挪跳跃，你来我往，杀得难舍难分。连在一边巡视的体育老师也忍不住驻足观战，一边大叫：“不错不错！你们这水平可以不用我指导了！”

范明明却躲避着姐姐朝她得意地看过来的眼光，站起身，一个人走出了热气腾腾的乒乓球室。

等姐姐下课在体育场边上的长条木椅上找到范明明的时候，范明明手里拿了一本英语书，却并没有在看。她坐在那里，眼光涣散，呆呆地不知在想什么。

“你怎么啦?”姐姐拉拉她的辫子。

范明明抬起眼看着姐姐：“打个乒乓球真的这么重要吗？为什么非要把人家给踢了?”

姐姐好半天才明白过来，她惊讶地看着范明明：“你居然在纠结这个？这门体育课我要拿A的，可以轻而易举帮我增加绩点，怎么不重要？你知道专业课要拿个A多么难吗?”

“可是……”范明明感觉泪水要涌上来了，她喃喃地说，“拿A真的有这么重要吗?”

姐姐看着范明明，有点呆住了。她从来没见过妹妹这个样子。

她挨着范明明坐下来，抽过她手里的英语书：“你现在还小，跟你说不明白。我来帮你背单词好吗?”

范明明摇摇头，她现在一点儿也不想背单词。她都已经是中学生了，并不觉得自己还小。

她从自己口袋里掏出一块巧克力："刚才那个姐姐给你的。"

姐姐惊讶地接过，然后看着范明明："就因为人家给了一块巧克力，你就这个样子？"

范明明低下头，不想再说话。

她第一次觉得，姐姐不是万能的。姐姐竟然只能看到一块巧克力。

就像她见不到栗子哥那么灿烂的笑脸一样。

八

这一切都不是真的吧？

这一切都是多么的怪异和荒诞！

姐姐的照片为什么会挂在墙上，还围着一圈黑纱？

照片上的女孩，笑得多么美！她的那双眼睛，又大又亮，正在憧憬地望着远方。这张照片，是高考结束的那天姐姐特意让范明明帮她在小区花圃里拍的。她蹲在一大丛月季花中间，微微侧仰着脸，眼光望向遥远的天边。

半夜莫名高烧！习惯于独来独往的姐姐没有在第一时间找舍友帮忙！等到起夜的临床舍友发现不对劲，叫醒大家，大家慌忙叫来辅导员、叫来救护车的时候，一切都来不及了！姐姐就在送往医院的途中没有了呼吸！

什么叫可能是急性中枢神经感染？什么叫要由法医解剖才能确认真正死因？

一切都没有任何理由。

一切都如此怪异荒诞。

仅仅是在范明明离开姐姐、离开姐姐学校的七天以后。

仅仅是在姐姐说好这个周末要回来帮范明明补课的一天之前。

范明明完全无法理解。

所以最初的时刻，范明明一点也没有感到悲痛。她就像在听一个天方夜谭的故事一样，睁大眼睛，张大嘴巴，就像身边每一个外人一样，对这种荒诞不经的故事表现出无比的震惊和不相信。

直到她看到家里的墙上真的挂着姐姐的照片，挂着姐姐围着黑纱的照片，直到她看到家里人来人往，好像全世界的人都到家里来慰问他们一家人时，她这才如梦初醒。她好像才明白过来，那个天方夜谭里面的主角，正是她的姐姐，她那个优秀的、令这座小城所有人艳羡的姐姐，她在这个世界上唯一的姐姐。

范明明想抓住爸爸妈妈问个明白，可是她发现她找不到爸爸妈妈了。爸爸妈妈已经全部倒下了。

范明明疯狂地左右四顾，她看到了秦晓畅，看到了栗子哥。她完全不知道这一天他们一直陪在她身边。她奇怪地朝秦晓畅笑，朝栗子哥笑，她说："那个突然发烧死去的人好像是我姐姐呢，你们说怪不怪？说是急性中枢神经感染。你们知道什么是中枢神经感染吗？我觉得我应该在网上查一下。这个病究竟是什么？它怎么可以让人一下子死掉？我不相信，我要查一下。咦，我的手机到哪里去了？"

秦晓畅紧紧地抱住她，她泪流满面地叫："范明明啊，范明明啊！"

范明明猛然一拍自己的脑袋，说："我傻吧，查什么手机？我直接问我姐姐就行了啊，她什么都懂。"

"啊？不对！"她惊惧地睁大眼睛，看着秦晓畅和栗子哥，"我姐姐好像死了！那我是不是就不能问她了？"

栗子哥伸出他长长的手臂，将秦晓畅和范明明一起抱在怀里。“明明，你哭出来吧！请你哭出来吧！姐姐确实不在了，你不可能再问她问题了！”

范明明看看流着眼泪的秦晓畅，看看红着眼睛的栗子哥，喉头一甜，眼前一黑，软软地摊了下去。

九

已经是秋天了。

时间一定又聋又哑又瞎吧，它什么也不知道，什么也不管，只顾自己低头分秒不差地走路。

范明明背着书包重新走进校园的时候，觉得校园里一切都奇怪地变了，变得空旷起来、陌生起来了，有点像明信片里面的一片风景，只是远远地站在那里。

其实，只是隔了两周没来上课而已。

两周的时间，校园里梧桐树的叶子尖上已经染上了微红。阳光和风儿都变得轻柔了，它们小心翼翼地照拂在这个下巴尖尖、脸色苍白的女孩身上。

在走近那幢雄伟气派的教学大楼的时候，范明明停下脚步，仰起头，看着教学楼。

她知道自己本来不应该属于这里。可是现在，她确实又已经属于了这里，是姐姐，通过她自身的力量帮她属于这里的。

那么，她应不应该离开这里呢？在送别姐姐和躺在病床上的这段时间里，范明明一直在考虑这个问题。

在刚刚走进校园的一刹那，范明明已经有答案了。

她不会离开这里，就算磕磕碰碰、跌跌撞撞，就算狼狈不堪、溃不成军，她也不离开这里。

没有别的原因，也并不是为了姐姐，只是因为她进到这里已经是现状了，她不想再退回去。

再退回去，就是刻意了。她不喜欢这样。她向来不喜欢刻意。

所以，她也绝对不会为了这里而放弃睡觉的时间，放弃吃饭的时间，放弃跟好朋友看电影的时间，还有，也决不放弃有时候需要一个人在街上晃荡的时间。

就照自己的步子走又怎么样？即便每天跟不上趟又怎么样？

最坏的结果也就是每次考试在班上倒数第一，那又怎么样？难道有哪一个班没有倒数第一的吗？每个班都有倒数第一的，她就平心静气为全班做那个倒数第一，难道不可以吗？

到初三的时候，所有的功课总要学完的，大家总有一天要站在同一起跑线上的。那个时候，她可不一定就是倒数第一。

不过，即使到那个时候，她还是倒数第一，那又怎么样？大不了她进不了天湖中学的高中部，大不了她像栗子哥一样进一所职业大学，那又怎么样？她一定会像栗子哥一样，帅气地骑着自行车，让阳光洒在脸上，看得见身边喜爱的人，对所有人微笑。

就是这样。

范明明深深地吸了一口气，抖了抖背上沉重的双肩包，走进了教学楼。

慢慢地知道

当我接到校报正经八百的录取通知书时，我一点也没感到惊讶。

就凭我那两篇备受语文张称许的得满分的作文和那篇极富文采的自我推荐，以及那次充满诗情和智慧的面试，我早就笃定，录取是不成问题的。

“现在好啦，你可以天天在社长身边工作了！”心晴一点也不掩饰自己的羡慕，那张浅粉色的录取通知书，被她抖得像一只风雨中受惊的蝴蝶。

我脸上的笑容还没来得及绽开，心晴早已换了一种口吻：“不过，要天天跟锅盖头在一起工作，也够你受的了！”

她居然伸出手，满怀同情地拍了拍我的肩膀。

锅盖头即初二（5）班的许成功，他是另一个被校报录取的初中部采编成员。

在初二年级，我和许成功的名字经常被相提并论，因为无论语文大考小考，每次年级一二名都被我俩承包了。

许成功文章写得好是不错，可校报采编人员不光需要这一点，还需要各方面的综合素质。许成功看上去笨拙木讷，不善言辞，成天穿着一套灰不溜丢的帆布衣裤。更要命的一点是，他的脑壳上居然整整齐齐地覆盖着一圈刘海，猛一看去，就像是顶着一顶锅盖。我真的有点想不通，校报社长、高二年级的大帅哥高铮是如何看上他的。

想起这个，我有点不高兴了。我一把打掉心晴的手，恶声恶气地说：“你少给我假惺猩！还不是你出卖我的?!”

我一点也没有冤枉心晴，我真的是被我这个好朋友出卖的。

在我刚刚报名参加校报初中部成员招聘的第二天（校报原有的两名初中部成员升入初三，所以退出来了），许成功在操场上拦住我，没头没脑地说：“我也报名了！”

“什么啊？”我有点不耐烦地停下脚步，有意不看他，避免自己看到他那可笑的锅盖头。

“跟你一样，参加校报招聘啊！”许成功满脸兴奋。

“你怎么知道我参加了？”我又气又急。

“是……是经常跟你在一起的那个女孩告诉我的。”许成功一定已经看出了我的不高兴，他说话有点结巴起来。

“心晴？她怎么会告诉你这个？”我有点难以置信地瞪着他。

“我也不知道啊，我还以为是你让她告诉我的。”

“我让她告诉你？言下之意是请你也去应聘？”我被他的奇思妙想刺激得跳起来，“毛病啊，你！”

许成功脸色一下子变了。他看着我，说了一声“对不起”，转身跑掉了。

我有点后悔自己过激的言辞，但也因此放心了——想必他不好意思再去参加什么招聘了吧。

我没想到许成功竟然还是去参加了，并且竟然被录取了，成为校报在初中部每年例行录取的两名成员中的一名。

这下好了，我俩的名字要被更多地相提并论了。本来关于我俩，已经有“天生一对，地设一双”的“恶毒”的流言在年级里潜滋暗长。

“你这一招真的很损！”想起这一点，我更来气了，我恶狠狠地抓住心晴的胳膊，“说，你为什么要将我出卖给那个锅盖头?!”

“没办法啊！”心晴楚楚可怜地说，“不派他去看着你，万一你跟高铮过于亲密了怎么办?”

果然和我猜测的一模一样！我松开手，恼怒又无奈地看着她。

心晴嘻嘻地笑起来：“别这样一副嘴脸嘛，你又不是不了解我。综观全年级男生，也就老锅有问鼎校报的实力。更重要的是，他对你一往情深，一定会成为你身边一盏亮度一千瓦的超级大灯泡!”

心晴这丫头片子何其毒也！想当初，是她竭力鼓动我去参加校报应聘。“你想想啊，高铮是校报社长，天天和高铮在一起编报纸，哇！你真的一点也不动心?”

我怎么可能不动心？刚刚进入这所学校的时候，高铮在迎新会上的表演就将我们全体女生集体俘虏。他是那种优秀得令你有点喘不过气来的男生。

但问题是，心晴这丫头诡计多端，我已经习惯了对她的任何提议都保持高度警惕，我直截了当地问她："我加入校报对你有何好处?"

"这还用问? 我作为你的闺中好友，自然有频繁出入校报的机会。只要有机会接触高铮，我就有办法让他注意我!"

这也罢了，我是在为自己创造机会，她要利用也只是附带的事。可怂恿锅盖头这一招就有点不像话了，简直就是阴险嘛!

但心晴只在明里阴险，不在暗里阴险，过后她会一五一十地向你坦白。摊上这样的朋友，除了认栽，你还能有什么办法?!

星期五下午只有两节课，很早就放学了。我一脸阳光地来到校报编辑部——位于校园西北角的一间破旧的平房里，参加校报每周一次的例会。

"欢迎我们这位新来的小妹妹!"我刚一跨进门，高铮就带头鼓起了掌。

我的脸红起来。高中部几位成员一个个看上去都那么风流倜侥，我和锅盖头就像两根夹在里面的小豆芽。

紧挨着锅盖头有一个空座位，显然是留给我的。惨了，看来以后真的要跟锅盖头同甘共苦了。我在心里恶狠狠地骂了一句心晴，叹口气，坐在了锅盖头的身边。

锅盖头有点窘迫地朝我笑笑。

我咧咧嘴角，算是回答。

高铮一开口，我就忘了锅盖头的存在。我入神地看着他，在他明亮的嗓音里逐渐晕眩……

“你俩清楚了吗？”高铮盯着我和锅盖头追问的时候，我才回过神来。我的脸又一次涨红了，只会稀里糊涂地点头，只会听锅盖头在一边激动地回答：“我们清楚了！”

坐在高铮身旁的一个扎着一根粗辫子的女生笑吟吟地看着我：“我们的齐骐妹妹看来很爱脸红哦！”

我急忙分辩：“不是这样的！”脸却更红了！

高铮用一种宠爱小妹妹的眼光温和地看着我，说：“好啦，小艾，你就别逗她了。人家新来嘛，你应该多多关照齐骐妹妹才是。”

“知道。”那位叫小艾的女生眼光闪闪地望着高铮，柔情似水地回答。

惨啦，看来到处都是敌人！

散了会，大家先后出了门，却见一个子高挑的女生斜倚在门前不远处的一棵老柳树下，手上拿着一本厚得足以吸人眼球的大开本的书，正在聚精会神地看着。

我在心里呻吟一声。我的老天！那个家伙居然是心晴！她那装模作样的姿势骗得了别人，可骗不了我！这个除了体育没有一门功课出色的家伙，有兴趣、有耐心看那么厚的书？见鬼去吧！

“嗨！我在等你呢！”心晴兴高采烈地挥着手里的书，冲我嚷嚷。

我一脸坏笑地看着她，不接她的话。

其余的人也只是友好地看看她。

心晴急了，一把拽住我：“瞧！《狼图腾》！现在卖得最火的一本书！我看完就借你看哦！”

我一看封面，竟然真的是《狼图腾》！我一把抓过来，狐疑地问她：“哪来的？”

“当然是买的啊！”心晴得意地歪着头，满脸兴奋——

她终于如愿以偿，高铮在我们身边停下了脚步：“真的是《狼图腾》?”

“嗯。”我点点头，左手将书交给他，右手乘机在心晴手背上狠狠地捏了一把——我知道这种时候她不会叫出来，也不会还手。不捏白不捏。

“这本书听说很棒！《晚报》读书栏目上重点推荐过。”高铮翻着书，一边跟我们说。“怎么，你们小女生也有兴趣看这么大部头的小说?”

“当然！”心晴脸不红心不跳地答应了一声，迫不及待地说：“不过，如果你想看，可以先拿去看哦。”

狐狸尾巴这么快就露出来了！恶心啊！这个重色轻友的家伙！

“这样不好吧？你自己还没看完呢，再说，还有齐骐。我要看，也得在你们后面排队。”高铮笑着将书还到我手里。

“还有我哦！我排在高铮后面。”一直站在一边的小艾笑眯眯地说。

心晴甚至都没空朝她看一眼，她只对着高铮说话：“那好吧。

我们看完立刻就借你哦。齐骐看书很快的。”

“那我先谢谢你们。”高铮冲我们挥挥手，与小艾并肩走了。

我俩痴痴地望着他们的背影在黄昏的天光里渐走渐远。

“那个小女人是谁?”心晴好半天才想起来要问我。

“小女人?嫉妒吧?”我毫不留情地说，“校报高中部采编人员之一，好像是高帅哥的左右手，也许是他女朋友也说不定。”

心晴气呼呼地哼了一声。

我没空照顾她的情绪，我只对手里的书感兴趣。我再次问她：“书哪来的啊?你怎么会知道这本书的?”

“这有什么难的?你忘了我表姐是大学中文系的才女?现在流行什么书，一问她便知道。”

“结果你就真的去买了一本?”我看看书封底28元的定价，难以置信地问她。

“哪里啊，我会这么笨吗?”心晴笑起来，“是我表姐刚买的，被我抢来了。表姐舍不得，说等她看完再借我，可我姨妈在边上说，心晴难得想看书的，你先给她看又有什么关系!”

哈!晕!

“便宜你了！”心晴无精打采地说，“你看去吧。”

“你不看？”我故意问她。

“我？”心晴将书拿过去，翻得哗啦哗啦响，“这么厚的书，又不是琼瑶外婆写的，我的天，我看到初中毕业也看不完的！”

还算不错，有点自知之明。

“不过，看完后要告诉我故事情节！”

“为何？”我没明白过来。

“笨蛋，万一高铮问起来，我也好有个应答啊。”

呵，真是用心良苦！

不过，估计是白费心思！

我在初二（5）班教室门口徘徊了好半天，可恨锅盖头一直像个打坐和尚，坐在座位上埋头看书，头都不抬。被出入教室的多位同学侧目而视后，我终于一咬牙，冲里面大叫一声：“许成功！有人找！”

许成功迷迷瞪瞪地抬起头，看见是我，慌忙站起身，跑了出来。

“高铮上次说我们主要负责什么啊？我忘掉了。”我难堪地撒着谎，直恨自己上次怎么那么花痴，光顾看帅哥，他说的话却一个字没听进去。

“呵，这个啊，”许成功绽开灿烂的笑脸，“我给你拿笔记本去，我上次都记下来了！”许成功跑回座位，在桌斗里一阵翻找，跑过来交给我一个淡绿封面的软皮抄。

我接过本子，更难堪了。相比之下，我哪里像一个合格的校报工作人员呀！

“谢谢！一会儿还你！”我吐出这几个字，转身就跑。

这是我第一次见到许成功的字迹。我不得不承认，许成功的字实在是太漂亮了！是我长这么大看到过的钢笔字中最漂亮的一个！看看自己东倒西歪的胖乎乎的字，我感觉自己又一次被这个该死的锅盖头击倒。

现在，我有点明白高铮为什么会看中他了。

我没精打采地拿出钢笔，开始一字一句往本子上抄许成功的开会笔记。

“嘀，搞得像真的一样！看来真的跟锅盖头打成一片了！”心晴坐在旁边嗤嗤嘲笑我。

我懒得理她。

突然，许成功一头栽进来，气喘吁吁地问我："笔记抄好了吗?"

我还没来得及回答，心晴已经恶声恶气地嚷开了："人家齐琪刚刚借来你就来讨！这么小气干什么?!"

"不是这个意思！我只是……那个……咳，你慢慢抄吧!"许成功满脸通红、语无伦次地说了这么几句，转身跑走了!

"神经啊!"心晴的声音飞刀一样直扑许成功的后背，他没敢回头，狼狈万分地跑出了我们教室。

教室里为数不多的几个家伙哄地大笑起来。

心晴心满意足地趴上我肩膀，说："怎么样？算是帮你出了一口恶气吧?"

我一把将她的手打下去："少来!"

心晴没在意我的态度恶劣，她继续自说自话："哼，我还真没想到锅盖头这么小气!"

我心里明白，锅盖头这肯定不是小气。那么是因为什么呢?

难道——笔记本里有什么秘密?

下午第一节课的上课铃声响起来的时候，我正好画上最后一个句号。我将锅盖头的本子放在桌角，拿出了英语书。

趁老师在黑板上板书新句型的机会，我以英语课本为掩护，翻开了许成功的笔记本——我非常想知道这里面是不是真的有什么秘密。

找到了！在这里！

你　　是

——致qq

你是九月校园里不预期的出现
是我致命的邂逅

你是秋千架上翩飞的蝴蝶
是放学路上落在我心里的晚霞

你是来去无踪的嗔怒

是我近在咫尺却无法触摸的思念

你是我穿越梦想的针线

是我遥遥无期的终点

我的心狂跳起来。锅盖头可以写这么美丽忧伤的情诗？qq？我姓和名的第一个字母？这首诗是写我的？是吗？

我的眼睛落在最下面一行小字上："作于第一次校报例会后。"

那么，应当是写我的了！

这一节英语课，我一直神情恍惚。我第一次知道，语言居然有这么大的杀伤力。我不知道那算不算得上是一首好诗，我甚至不知道那能不能算是诗，但那些短短的没有重量的语句，已经像猝不及防的流星，重重地撞进了我的心里。

"看完了？"心晴难以置信地看着我。

"看完了，整个周末全泡汤了，还搭上一个通宵！作业还没做完呢！”我打着大哈欠，将《狼图腾》扔给心晴。

“好看吗？讲什么的？”心晴迫不及待地问我。

“没什么大的故事情节，不过对狼的描写很神奇，对草原牧民生活的描述也令人向往，还是值得一看的。”

“哈，我知道了，写狼吃羊、草原英雄与狼战斗的对吗？走，陪我把书给高帅哥送去！”

“唉，心晴你真晕！草原人与狼的关系很复杂的，不光是战斗的事情，他们还是朋友，相互依存的。”看过了书感觉就是不一样，真是说话都有底气。

“这个我才不管！太复杂！陪我去送书就好。”

“你自己去吧。我补作业呢。”我一边从书包里往外掏课本和练习本。

“我没听错吧？”心晴怪异地审视着我的面孔，“居然把这么好的亲密接触的机会拱手让给我一个人？那我可走了哦？”

我被心晴说得心虚，只好一把揪住她：“臭美吧你！想得好！一起去！”

来到高铮教室门口，心晴手里举着书，像举着一把尚方宝剑，理直气壮地就是一嗓子："高铮！找你呢！"

高铮满面笑容地跑出来："呵，这么快？已经看完了吗？"

"是，我和齐琪看书都非常快。"心晴大言不惭，"这本书写草原人和狼的关系，非常复杂，非常好看！"

听着心晴背书一样的语调，我在一边实在忍不住，咕噜咕噜笑起来。

高铮也笑，是那种很开心的、宠爱小妹妹的笑。他接过书，看着心晴："谢谢你啊！对了，还不知道你名字呢。"

"我叫心晴！心情很好的心，雨过天晴的晴！就是心情一直晴朗的意思，很好记的！"

"很有意思的名字！像你的性格呢！我记住了！"在心晴幸福得差点晕倒之前，高铮及时将话题转向了我，"你们初中部的月季专题采访怎么样了？"

尽管心情已经有了一点点不一样，高帅哥的目光还是让我晕眩了好一阵子。我有点结巴地说："已经定下来了，就等着开始呢。"

我们与高铮告别，刚刚转身走了没两步，身后就响起了一个女孩子娇俏的声音："高铮，书拿来！"

我们齐刷刷止步，回头一看，见高铮教室里，一个女孩子正一把将书从高铮手里夺了过去。是那个叫小艾的女孩子。高铮无奈又幸福地耸耸肩，走回到自己座位。

"可恶！"心晴跳起来就要冲回去。

我一把揪住她："别丢人了，好不好？"

"我这不是白白给别人制造机会吗，我！"心晴痛心疾首。

"哈，这可是你不怕麻烦，自找的！"看到心晴急，我就痛快得想蹦！

说过心晴只是白费心思罢了！

她会慢慢知道这一点的。

锅盖头躲在一棵粗壮的梧桐树后面，我躲在并不粗壮的锅盖头后面。"会不会有危险？要不要请老师或校报编辑部的人一起参加？"这已经是我第N次问这个问题了。

"这是我们自己的采访任务，怎么可以麻烦别人？不会有什么危险的。有我在呢，放心好了！"

自从我将那个写有诗的记录本还给锅盖头，锅盖头在我面前说起话来就是这么一副牛气冲天的嘴脸，一点也不符合当初留给我的木讷、不善言谈的印象。我怀疑是我脸上的表情出卖了我。当时我脸发着烫，眼睛低垂，说谢谢的时候从没有过的低声细语。以锅盖头的聪明，他一定已经触摸到我心里的脉搏。

本来我已经决定不叫他锅盖头了，可现在我决定永远叫他锅盖头！可恶！可恨！我恨死锅盖头了！也恨死自己了！

可我无法否决锅盖头的馊主意，因为我拿不出更好的方案。

锅盖头的主意是，趁那帮初三学生抢劫小学生钱财时，我们手拿录音笔突然冲出去，对他们进行现场采访，懵懂之下，他们会说出自己心里最真实的声音。然后，我们也现场采访被抢的小学生，这样做成的专题一定很特别。

今天已是我们跟踪追击的第四天，但还是没有发现蛛丝马迹。

“真的有初三学生抢劫小学生的钱财？你搞错没有？”我有点沉不住气了。

“相信我，没错的!”锅盖头甩出一句著名的广告词。

见我脸红红的开始愤怒，锅盖头赶紧补充：“我表弟说的！他们班上他的一个最好的朋友就在前面那个拐角处被抢劫过！那小孩不敢告诉其他人，就悄悄告诉了我表弟！表弟一向信任我，就悄悄告诉了我，希望我想办法帮帮他好朋友！”

“可是……”我话未说完，袖口就被锅盖头猛拉了一下。我顺着他的目光看去，两个匪里匪气的高个儿男生正在逼近一个慢慢走过来的小男孩！

我大气也不敢出，跟在锅盖头后面悄悄地走过去。在小男孩流着眼泪将十元钱交到那个穿一身牛仔装的男生手里时，我们猛然出现在他们面前。

锅盖头将录音笔一下子伸到牛仔嘴边：“请问你们为什么要选择这个小学三年级的男生下手？”

“这个……”牛仔装迟钝地、莫名其妙地看着我们和横在他嘴边的录音笔，“因为一二年级的小屁孩有家长陪伴，而四五年级的又有点大了，不太听话。”

“你们一共抢劫过多少次了？”

牛仔装傻乎乎地张着嘴，正要接着回答，他的同伴突然一扬手，一道白光朝我胸口袭来。我吓得大叫一声，锅盖头闪电般将我往他身后一拉——尖刀直接扎进了他的右胸。

医院病床上，许成功腼腆地笑，脸色有点苍白。

“你终于真的变成‘成功’了，我们的专访绝对是校报头条！”我将头天晚上刚刚加班写好的采访手稿扔给他。

许成功拿起来看了一眼。“笔呢？”他问。

我从背着的书包里找出笔来递给他：“这么快就发现错误了？”

却见许成功将写在前面的他的名字一勾，勾到了我的名字后面。

我不管他，随他去勾，反正我可以再勾回来。

“真是漂亮的文章！”许成功看完后赞叹。

我从书包里又掏出一张报纸：“这样的文章才漂亮呢。”

许成功脸红了：“嘲笑我？”

报纸上面，是记者采写的题为《校园英雄许成功》的报道。

“如果那记者将标题改成《校园英雄锅盖头》，估计看的人会更多。”许成功笑嘻嘻地说。

“锅盖头？”我脸都白了。“你怎么知道我叫你锅盖头？谁告诉你的？又是心晴这死丫头？”

“什么？”许成功挺伤心地看着我，“你也知道我叫锅盖头？锅盖头是以前小学同学给我起的绰号，中学里没人叫啊，你是怎么知道的？”

“唉唉，”我懊悔得差点赏自己一个嘴巴子，“我是瞎蒙的啦。我先走了，你好好休息！”

不等许成功表态，我站起身，赶紧闪人！

嘻嘻，地球上怎么会有这么巧的事？难道许成功从小学开始就顶着这样的一个锅盖头？不过，这个锅盖头现在看上去比以前顺眼多了。

一出医院门，迎面就碰到了高铮和小艾。

“看过许成功了？他好点了吗？”高帅哥的眼光依然如电。

好在这一次我没再犯晕，我脑筋很清楚地回答他：“看过了，他挺好的，还帮我修改文章呢。”

“呵，当初面试时我就觉得这小家伙不同寻常，果然如此。”高帅哥一面说，一面从书包里掏出一本书，“看完了，拜托你替我还给那个小姑娘吧。她叫什么名字来着？一个很有意思的名字。”

我接过书，在心里叹息一声："心晴。"

"对，心晴。替我们谢谢她哦！"

"好的。"

我朝他们二人挥挥手，转身走了。

心晴，心晴，我说过，你会慢慢知道的。

寄自邮局的“动物们”

这是二十年前的一个故事了。

啊，别以为这是老掉牙的故事，不是，相反，这是一个非常有趣的故事，而最后，它会令你感动，并且会有一种奇异的感悟。

不信？往下看吧。

那时候，我们是一班刚刚升上初三的学生。我们的学校坐落在一座小镇子的入口处，我们每个人的家都隔得很近，我们朝夕相处，相互熟悉得要命。我们从来也没想到过，有一天，我们中的一个会离开我们身边。

这是我们第一次见识离别——与我们朝夕相处了整整两年的钱帆，就要跟我们说再见，到一个大都市去生活了。

其实，钱帆本来就不是我们这个小地方的人。这从她的长相就可以看出来。她的个子非常高——超过了我们班所有的女生和绝大部分的男生。她的皮肤白净得像一张图画纸。特别奇怪的是，她的头发是天然卷曲的，带着一点点微黄，松松地衬着她的精致的白脸蛋，有点像是外国电影里的女明星。

她的爸爸妈妈都远在外省的大都市里，怎么个大法，我们想象不出，只知道到那里要先坐很长时间的大客车，再坐很长时间的火车。大客车我们是见识过的，出得学校门，往镇口走一点点，就是汽车站。那里每天都有大客车进进出出，不过我们很少有机会坐。而火车，我们根本就没见过，那个长长的可怕的黑家伙，我们只在电影里偶尔看到过。

有时候钱帆会给我们讲她爸爸妈妈所在的那个大都市，讲那里的商场和电影院，还讲令人羡慕得想流口水的动物园和公园。

“商场里什么都有卖？有好几个屋子堆起来那么高？”

“动物园里真的有老虎，有大象，有猴子，还有熊猫？”

“公园里有滑梯、秋千？还可以看电影？”

有时候，我们会盯着这样一些细节拼命地追问。

“嗯，应该是的。不过说实在话，我也不太敢肯定啦。我记不太清楚了！”遇上我们较真的时候，钱帆就停下来，拧着眉毛想上那么一会儿，然后有点不好意思又有点抱歉地朝我们笑。

这个我们可以理解。我们自己也会有点不好意思又有点抱歉地朝钱帆笑。

事实是，钱帆很小就离开了那座大都市，她是过继给她的伯父伯母做孩子的，她的伯父是我们学校的副校长，而伯母呢是我们学校的数学老师，他们自己没生孩子，便一直将钱帆带在身边。

到我们升初三的时候，钱帆的爸爸妈妈想将钱帆转到身边去念书了。因为他们想让她升高中时有更好的学习环境，这样考大学的时候就更有利了——在大城市里考大学，分数也低一些，录取率也高一些。所以她的伯父伯母虽然舍不得，却也同意了。

我们大家当然更舍不得了，平白无故，一位亲密的同学就要这么离开我们！可是，没人在意我们的感受，更没人来征求我们的意见！

基本上我们全班人都拥挤在小镇子与马路的接口处——钱帆将要在这里坐车出发。从来没有见过的别离就这样近在眼前，以分钟来计算，我们频频地看两三位家境富有的同学手腕上戴着的廉价的电子手表，每个人都露出一种带着些害羞的不知所措。

只有被送别的钱帆是落落大方的，她走到每一个同学的跟前，与我们一一道别，眼睛里流露着真诚的惜别之情。等到她坐上长途班车的一刹那，她的泪水流下来了！车窗外站着的大多数女孩子也都不再害羞，就让泪水痛痛快快地流下来，就让它充分表达我们对两年多来朝夕相处的同窗的惜别之情！

等到汽车鸣着笛发动的时候，钱帆已经哭成了一个泪人儿。

“记得给我们写信！”我作为一班之长，代表全班同学这么跟着汽车大叫了好几声。我的身后，是女同学哭成一片的呜咽声。

我的声音不知被风吹到了哪里。

此后的几天，离别的情绪一直笼罩着全班。钱帆是大家共同想念的对象。

再往后，这样的离愁别绪就慢慢地淡下去了。我们作为毕业班学生，已经充分感受到了即将到来的中考的压力。钱帆已经成了一个日渐淡去的身影了。

直到钱帆的信到来。

钱帆的来信在本来已经平静如水的班上又一次掀起了波澜。啊，那时候我们是一群没见过世面的小镇上的孩子，一封外面大都市的来信足以让我们抛开书本，兴奋地围成大大的一圈。

我端坐在圈子的中央，严肃地用手慢慢地撕开信封。信的收件人是我，当然由我来拆，由我第一个读。

我看完第一页，翻到第二页的时候，不由得“啊”地大叫了一声。

早已在一旁等得不耐烦的翎子一把抢过信，大声读了起来。她读的是我刚刚翻到的第二页——

倩霓：猫，兔

翎子：狗，猴

陈兵：熊，熊

万建明：牛，牛

……

“啊，这是什么呀?”翎子惊讶地停住了嘴。

“什么乱七八糟的?”人高马大的体育委员陈兵伸出长长的手臂，一把将信从翎子手里抢了过去。周围的同学都迫不及待地将脑袋伸过去。

他们看到的，是一整页的名单，全班五十四个同学的名字全部在上面，而每个同学的名字后面，都跟着两个小动物的名字!

我等着听他们“啊啊”的叫声。果然，几秒钟以后，我们这个大圈子“啊啊啊”地叫成了一片。看到自己名字的同学，更是乱哄哄地大叫:“我的后面跟的是马和羊!”“啊，天!我的后面跟了两只老鼠!”

等他们一圈叫下来，才想起我。他们一齐盯着我，问:“班头，这是什么意思啊?”

我懒洋洋地接过信，翻到前面一页，指点着给他们看:“乱叫什么啊!这里不是说得清清楚楚的?钱帆要给全班每位同学送一份礼物!礼物已经通过邮局打包寄过来了。这个名单嘛，是礼物清单!”

翎子首先惊呼:“天哪!钱帆要送给我一只狗和一只小猴

子?!狗我会养，可小猴子怎么养?”

翎子的尖叫让大家呆若木鸡。陈兵一副白痴一样的表情：“啊？这么说，难道钱帆要送给我两只熊？这……这……不太可能吧?”

“有什么不可能的?!”翎子气呼呼地反问，“钱帆那里不是有动物园？动物园里不是什么动物都有?”

翎子的话让大家再一次呆若木鸡。

翎子扫一眼大家，有点底气不足地嘀咕：“我以前跟钱帆说过我想养狗，可我妈就是不让我养。”

见大家还没说话，这家伙又嘀咕：“我以前还对钱帆说过我最喜欢的动物就是小猴子呢！可是我从来没见到过真的小猴子!”

“行啦，别发疯了!”我发话了。

“就是嘛!”陈兵也回过神来，很不满地白翎子一眼，“怎么可能是活的动物？这么多活的动物怎么寄？翎子真是发疯了!”

翎子才不是轻易服输的人，她将一张长满雀斑的脸凑到陈兵跟前，咄咄逼人地说：“不是真的那是什么？你说那些狗呀猴子呀的是什么？没看见送给你的是两只小熊吗？你不是在作文里写过你最喜欢的动物是又大又笨的可爱熊吗？”

陈兵在作文里确实提到过他最喜欢的动物是小熊。陈兵被翎子这么一诈唬，又变傻了。

我才不会被翎子的诈唬弄昏掉。活的动物？想得出来！

钱帆的信在班上每一个人的手里传阅着，包括那些平日里最不起眼、在班上基本不出声的同学。看着自己的名字被钱帆不是很好看但异常工整清晰的字迹一笔一画写在信笺纸上，每一个人的心里都涌起一股奇特的感觉，这是完全不同于看到老师手里冷冰冰的点名册时的感觉，它使我们更加强烈地意识到，原来我们之间是有着这么紧密的关联的——我们都属于同一个大家庭！

只是钱帆的礼物到底是什么呢？这真是令我们大费脑筋，翎子的“活体动物说”当然早就被否认了（只有她自己还抱着一丝渺茫的希望，她太想看到一只真的小猴子了），我们基本上认为那些猫啊狗啊可能是一种玩具，布做的或塑料的。可是，我们又不是小孩，钱帆平白无故地寄这么多玩具来给我们干什么呢？而且，一百多只玩具，得要多大的包裹来寄呀！

这样的想象和猜测在我们心头疯长着，当包裹领取通知单终于到达我们手里的时候，我和翎子一挥手，雄赳赳气昂昂地带着体育委员陈兵和劳动委员万建明——班上两个最身强力壮的男生，一起奔赴邮局。

工作人员面无表情地接过我们的单子，看一眼，然后站起身，在靠墙立着的堆满包裹的一张长条桌子上翻了好一阵，递给我们一个只比我们的拳头大一点点的小包裹。

“这是什么呀？”我搁在柜台上的手抬都不抬。这也叫包裹？这么小的玩意儿怎么可能是我们的！

“错了错了！我们的是一个大包裹！”翎子冲着里面嚷嚷。

工作人员奇怪地看看我们，拿起单子重新对了一遍，一言不发地将那小包裹朝我们一扔，然后粗鲁地将翎子往边上一拨，大声叫道：“后面的！”

后面等着领包裹的人便一把将我们推到了一边。

我拎起那个小得没有理由叫包裹的东西，看看上面确确实实是写着我的名字，我失望和羞愧得差一点哭起来，好像包裹出人意料地变得这么小是我的过错一样。

陈兵一脸严肃地从我手里夺过包裹，用牙一咬，再用手一拉，包裹拆开了——

天！我们看到了什么！

那个小包裹里包着的，原来是一些五颜六色的橡皮啊！它们被做成猫啊狗啊兔子啊小熊啊等各种动物的形状，在我们眼前散发出一片奇异而明亮的光彩。

这是我们第一次看到有颜色、有形状，并且还有香味的橡皮。在这之前，我们只使用过一种橡皮，就是那种千篇一律的白颜色的橡皮。它们千篇一律地被切成长方形或者正方形，千篇一律地散发着那种橡胶特有的有点呛人的气味。

包裹里面有一张纸条，我们仿佛能从中读出钱帆那得意扬扬的神情："哈，这样的礼物，没猜到吧？第一次跟妈妈上街就看到了它们，我欢喜得都差点疯掉了。我妈和那个小店主人也差点疯掉了——我妈是被我吓疯的，她尖声叫道：'你要买108块橡皮干什么！下辈子也用不完的！'小店主人是乐疯的，我把他店里所有的橡皮全买光了！"

啊，钱帆，钱帆，我们也要被你折腾得疯掉啦！可是，现在，你给了我们一份多么大的意外和欣喜呀！

我双手捧着这些寄自邮局的“动物”们往回走，我的边上走着兴高采烈的翎子，我们的身后跟着两个同样兴高采烈的又高又大的保镖。我们一行四人仍然是雄赳赳气昂昂地回到了学校。

礼物的分发是在一节自习课上进行的，我为此特意以班干代表的身份征得了班主任的同意。

我拎着装动物橡皮的小包裹，翎子拿着钱帆写好的名单。钱帆真是一个好孩子，她的名单准确无误地照座位表写下来，一个不错。我们从第一组第一排开始，翎子念一个名字，再念这个名字后面跟着的动物名，我就从包裹的开口处取出两块相对应的橡皮，郑重其事地放在他的桌子上。

我跟翎子一张桌子一张桌子地走过去。得到礼物的同学，每说一声“谢谢”，我就注意地看他一眼。我似乎是第一次如此近距离地跟班上的每一位同学接触，我第一次意识到，不管这个同学成绩好，或成绩差，活泼伶俐，或沉默寡言，他都是一个独立的、值得尊重的个体。

班上别的同学一定也和我一样深深体会到了这一点吧。

钱帆以自己难得的大气教我们认识到了这一点。

动物橡皮于是以一种鲜明的姿态留在了我的记忆深处。

以后，我工作了，终于成了小孩子眼里的大人。身边的小孩子是我姐姐们的小孩，她们讨好地叫我阿姨，然后说，阿姨要送我们新年礼物的！

好啊好啊，这还不好说。我来到大街上，进到各家文具店里，像一个老练的猎手那样搜寻着。

我在寻找橡皮，确切地说，是在寻找做成各种动物形状的橡皮。

嘿嘿，这就是我给她们的新年礼物。如果她们嫌便宜，我就给她们讲发生在二十年前的那个动物橡皮的故事。

她们一定会和我一样感动的！

穿越而过

一

最近，我一直在想这样一个问题：同一个人，是不是真有两个不同的面？

在家里，我是一个多么快乐而忙碌的人呀。我养了两只小鸭子，它们一身鲜亮的鹅黄，“嘎嘎”的叫声中夹杂着清脆的碎银撞击似的声音——这是很小很小的鸭子才有的叫声呢。每天放学回到家，我的第一件事就是带它们出门去散步。我还养了好几盆花，我得不停地照管它们，给它们浇水、施肥，看它们静悄悄地生长和变化。我还不停地看书，各种各样的小说、散文、诗歌，都是我喜欢的。还有一件最重要的事——我在遥远的云南拥有一个读五年级的小妹妹。我是在一本杂志的求助热线上看到她的名字的。我没有能力给她寄钱（只在信里夹寄过一次二十元钱），但我一直跟她通信，我知道自己的信对她非常重要。

所有这些，是我的一个“面”。这是一个积极而快乐的“面”。

可是在学校里，我却是这样的一种形象——中等偏下的长相，中等偏下的个头，中等偏下的成绩（这是最要命的一点）。总之一句话，在学校，我绝对是一个平庸的、不快乐的、被人忽视的人。

在这样的一个“面”里，我比较消极，也比较自卑。

妈妈这样说我：“你是怎么回事？有这么多的精力和闲情，怎么就不能把学习搞好一点？”

我自己也不知道是怎么回事，反正我就这么过。

好在妈妈对我是很宽容的。她一直相信我的本质是在家里的那一“面”，她时刻在等待着我什么时候能“幡然省悟”。

不过，我认为有的人并不是这样有两个“面”的。比如姜艺睫，她应当只有一个“面”——仙子一样的脸蛋，魔鬼一样的身材，再加上优秀的成绩。这些东西，走到哪里都是她的招牌。她因此自信得有点霸道。

还有班上差不多全校闻名的“英俊小生”秦又，他的成绩虽然不是特别好，可其他的很多东西弥补了这一点——漂亮的毛笔字，漂亮的投篮，漂亮的歌喉，当然还有那双贾宝玉似的不笑也含情的眼睛。

他们同属于“天之骄子”，用不着拥有两个面，辛辛苦苦地在两者之间穿来穿去。

在我们升入初三，班上开始涌动一股“恋爱”的暗潮的时候，所有人都认为，姜艺睫一定会跟秦又好。他们真是天生的一对。

二

课间，我像往常一样窝在自己的座位上，眼前摊着一本书。

我当然不可能在看书，我在偷偷地看与我隔了一组的秦又和姜艺睫。

秦又站在姜艺睫的桌子边，正在起劲地讲着什么。姜艺睫开心地笑着，粉红的脸颊上盛开着两朵小小的酒窝。

我从来没有像现在这一刻这样羡慕姜艺睫，我羡慕得心尖都有些发痛了。我真不明白，已经这么完美的她，为什么还要奢侈地拥有一对小酒窝。我绝望地想象，如果这一对小酒窝长在我的脸上，是不是此刻正与秦又说笑着的，是我而不是姜艺睫?

是的，我承认我暗恋秦又。我不知道这是什么时候就拥有的情感，反正只要一看见他，我心里就是一场暴风骤雨。我是如此用心地在心里感受着他的一切：他的耷拉在额前的经常是汗津津的柔软的黑发、他的挺直的鼻梁、他的孩子气的向前嘟着的嘴唇，当然还有他投篮时奋力跃起的身姿，他主持班会时的气宇轩昂和落落大方……很长一段时间以来，我就这样以表面上的麻木和漠然为掩护，在内心里演绎着一场可怕的单相思。我并不以此为苦。我很早的时候就自觉地信奉这样一句话：真正喜欢一个人，不是一定要拥有他。他快乐，就是你最大的快乐!

我确信，这句话是一个像我这样条件很平庸的人为着自我安慰说出来的。因为无法拥有，所以只好故作大度。

随便怎么说吧。我现在的心情，我自己都说不清楚。就像小时候藏着的一块水果糖，宁愿让它独自化掉，也决不肯拿出来展示和与人分享。

我就这样痛苦而又甜蜜地看着秦又和姜艺睫，想象这一对玉人儿一步步地走到一起。

三

想象中的一切并没有很快地到来。相反，事情似乎正在朝着反方向发展。

秦又和姜艺睫已经很少单独在一起说笑了。问题的关键在于姜艺睫，她突然跟邻班班长密切地来往起来。邻班班长个头没有秦又高，长得也不如秦又帅。但他的成绩绝对是一流的，每次大考的年级第一都是他。姜艺睫还跟高中部的大男生来往。有那么两三个人，他们隔三岔五就会跑到我们班来，站在教室门口毫不掩饰地大叫："姜艺睫！快点出来！"

有姜艺睫的死党传出消息：姜艺睫对秦又还不是最满意。因为他既缺乏第一流的成绩，又没有高中男生那样的成熟和幽默。

秦又并没有将这一切放在心上。他照样说说笑笑，活跃在课间的教室里或课外活动的球场上。我的同桌珠珠说："秦又真潇洒！"

但我相信这一切只是表象。他骗不了我。我能够从他突然而至的沉默里读出他受到的伤害。

我很心痛，同时也愤愤不平。我觉得姜艺睫真是有点过分。她凭什么想鱼和熊掌兼得？

当然，没有人在意我的心痛，也没有人在意我的不平。秦又对我这种平庸女生基本上是视而不见的。我猜只有我的小鸭子知道我的心思。我已经有两天没有带小鸭子下楼去散步了。它们围着我很不满地嘎嘎叫，叫得我非常心烦。

我做梦也想不到会有这样的一个机会降临到我的头上，并且一切都会随之而改变。

这天是我和珠珠值日。珠珠因为有事先走了（她老是在值日的时候有事)，我一个人留下来打扫教室，整理桌椅和教具。难得一个人占有这么一大片空间，我慢吞吞地扫着地，一边将自己的心事放出来，任它满教室溜达。我分外仔细地打扫了秦又的位置，并且用自己的抹布将他的桌椅很认真地擦了一遍。我知道自己这样做既傻又可笑，但我无法控制自己。这样做令我心安并快乐。

锁好教室门走出来，我才发现外面竟然飘着小雨。原本透亮的初秋的黄昏也变得昏暗一片。我踌躇地站在教学楼的大门口，考虑是不是就此冲回去。

不经意间抬起眼，突然发现操场上竟然还有一个人在打篮球。准确地说，是在一下接一下地投篮。昏暗的雨帘将投篮的动作过滤成一种无声的机械的重复，但我仍能清晰地感觉到投篮人发泄般的力量。

我一下子明白过来，这是秦又。

我想都没想就走进了雨帘之中，站在离篮球架一点点远的地方。

秦又眼睛里的伤痛触目惊心。我只知道姜艺睫的行为和话语伤害了他，但我没想到会伤害得这么深。想起看到过的一篇文章，里面说，貌似随意和不在乎的男孩子，其实更难承受各种外界的伤害。真的是这样的吗？

一只球在篮球架上弹了一下，然后朝我直飞过来。我没有躲闪，就让它重重地砸在我的身上。

“对不起！”秦又跑过来，捡起篮球，站在了我的面前。

那一刻我有一种轻微的晕眩。昏暗的天幕、细细密密的秋雨、空落而寂静的操场、全身湿透的英气逼人的男孩……我这是在梦中吗？还是在琼瑶的小说里？

“你怎么一个人在打球呢？瞧你，衣服全湿透啦！”我不知道这是不是真是我在说话。我什么时候变得这么大胆？

“没事，好玩呀。”秦又说。他跑回操场，继续投篮。

我知道他又开始了掩饰。我很聪明地一声不响，只是站在那里，专心致志地看着他。

细细密密的秋雨一层一层浇到我的头发上，很快地，有水珠沿着发梢滴下来了。

“你怎么还不回家？”秦又打了几个球，见我一动不动站在那里，忍不住又跑过来问我。

“我等你。”我听见自己这样说。我的声音安静里透着坚决，是姜艺睫那样的优秀女孩才敢使用的那种声音。

秦又意外地看着我，想一想，说：“那好，我们走吧。”

就这样，我和自己心目中的男孩一起淋着雨走在了大街上。

直到这时，我才明白自己如此大胆而坚决的原因：我要把他从伤痛中拉出来，以任何可能的方式。

只是，我太笨拙了，笨拙到不知道该说些什么。我知道，不能提姜艺睫，不能让他知道自己被看穿了心事。那么，我再说些什么呢？

“你在班里好像很少说话吧？”是秦又打破了沉默。

我点点头，但急忙补充说：“我在家里并不是这样的。”

我突然找到了话题。我滔滔不绝地向秦又谈起了我的小鸭子、我的花草、我的书（其实是我爸爸妈妈的书，他们都是一所大专院校中文系的老师），还有我的云南小妹妹。“她将我当成了大城市里好心的、无所不能的大姐姐。被人这么信赖、这么需要，我真的感到非常快乐。”

秦又又一次意外地看着我，说："以前跟你很少接触，真想不到你的内心原来这么丰富。"

丰富？秦又这是在评价我吗？

我的情绪进一步高涨起来。我差不多忘掉了自己在学校里卑微的一面，我仰起头，看着比自己高一头的秦又，兴致勃勃地将自己的新发现告诉他："我觉得有一些人是有两个面的，比如我就是这样。我在学校里和在家里就像是完全不同的两个人。不过，有些人不是这样的，像你……"我咽了一下唾液，及时地将"姜艺睫"三个字吞了回去，"你应当只有一个面，因为你非常优秀。"说到这里，我的脸有点红起来了。

看得出来，我的话令秦又很感兴趣，并且，最后的那句话更是令他高兴的，他的心情明显地好起来了。

只是，已经到了拐弯的地方。秦又要拐弯，而我要继续往前走。

"谢谢你。"分开的时候，秦又用他那漆黑的眼睛望着我，轻轻地这样说。

我的心狂跳起来。

四

第二天，我一大早就来到了学校。

昨天的淋雨，让我付出了惨重的代价——一到家，我就开始不停地打喷嚏、流鼻涕，到睡觉时还发起了低烧。本来妈妈是想让我请一天病假的，但我坚决不肯——我哪有心情躺在床上休病假啊！

走进教室来的秦又面色如常，情绪看不出有什么波动。且慢——天啊！他的眼睛带着笑向我望过来了！我大吃一惊，一直傻傻地盯着他看的眼光已来不及躲闪，只得尴尬地朝他笑一笑，然后做贼心虚般低下头去。

偏偏，我们的动作让珠珠看到了，她飞快地趴上我肩头，惊奇又嫉妒地冲着我的耳朵大声嚷嚷："你们在搞什么名堂？秦又为什么要对你笑？"

我怀疑全世界的人都听到了珠珠的话。姜艺睫还扭过头来望了我一眼。

还没有拿定主意是要责骂珠珠还是要感谢珠珠，一个喷嚏已经冲到了鼻腔。真是要命，在这种时候！我拼命地想忍住，结果，越弄越糟——惊天动地的一声巨响，我顿时狼狈不堪，眼泪鼻涕双管齐下。

我飞快地将头埋入桌间，一边在书包里摸索着纸巾。

等我可以抬起头来的时候，发现秦又正站在桌子跟前。

“你也感冒啦？我正好带了药，给你两粒吧。”

其实我也带了药的，但我有点发傻，没想到要拒绝。就这样看着他在我桌上放下两粒橙色的药片，对我友好地笑一笑，然后走回到自己的座位上。

有男生在一边吹起了口哨。珠珠阴阳怪气地说：“这世界变化快，真叫人不明白！”

老天保佑，上早自习的铃声响起来了！我赶紧翻出英语书，不知所云地读起来。珠珠解气般用力地在我手臂上掐了一把，说：“装什么装呀！”

我当然不理她。

五

再往后，事情的发展超出了我和所有人的预料。

秦又非常主动积极地开始了与我的交往。放学的时候，他会主动等我。我们一起走出校门，走到拐角处，然后分开。在路上，我们不停地说话。天知道两个本来完全陌生的人怎么会有这么多的话要说。我们有时说学校里的事，有时说各自在家里的事。我第一次知道，与男生交往原来是这么美好的一件事情；我还第一次知道，自己竟然是这样健谈的一个人。

如果有什么篮球比赛，秦又会提早告诉我，然后说："你一定要去看呀，给我们当啦啦队。"比赛的那天，我会准时地站在操场边，夹杂在一大堆疯疯癫癫的女孩中间，一改往日沉默寡言的形象，大声地、无所顾忌地欢呼和鼓掌。

对于学校生活，我前所未有地热爱起来，甚至包括最令人头痛的物理课和政治课。我有一种强烈的感觉，我的两个"面"正在悄悄地重合。

可我的同桌珠珠，却一再地破坏我的好感觉："我说，他给你写过信吗?"

"天天待在一个教室里，写什么信呀?"

"那么，他说过他喜欢你吗?"

"肉麻!"

"既不给你写情书，又不对你说情话，你们这算什么谈恋爱?"

我又急又气："我什么时候说过我们是在谈恋爱?"

珠珠坏坏地笑起来："我也觉得秦又不至于会跟你谈恋爱。那么，你们这算是什么呢?"

我羞恼得差一点跳起来："我们是朋友，好朋友，不可以吗!"

"哈!"珠珠才不管我的态度，她凑近我的耳朵，改用一种巫婆一样阴森森的语调说："小心，别给人利用了！注意姜艺睫的眼神!"

我从来没有像现在这一刻一样讨厌过珠珠。

可是，在心里，我不得不承认，珠珠有一些话并没有错，比如说，关于姜艺睫的眼神。

我不是一个傻瓜，在跟秦又交往的时候，我当然会比别人更留意姜艺睫的态度。

一开始是嘲弄的，带着点看笑话的意味。接着，是疑惑和不解的。再接着，她的眼神里有了一些明显的恼怒。现在，恼怒淡下去了，姜艺睫的眼里空荡荡的，我看不出她在想什么。

但我坚决不承认秦又是在利用我。对一个人的友好，并不是每时每刻都可以装得出来的。退一万步说，即使他真的在利用我，那我也心甘情愿。前面说过，我要把他从伤痛中拉出来，以任何可能的方式。现在，我做到了这一点，还有什么可后悔的？况且，他同时给予我的看不见的帮助，也许比我给他的多得多呢！

六

已经是十月底的天气了，北方冷空气第一次南侵，给我们的城市带来了好几天的阴雨天气。我们都穿起了厚厚的夹衫。

说起来，这真是一件很奇怪的事情，我跟秦又的故事总是跟阴雨有关。我们在阴雨中开始，又在阴雨中结束。

当邻班班长和高中大男生不再频繁地在我们教室门口现身的

时候，我已经有了某种预感。

放学的时候，我和秦又照例一起走出教室。我们各自撑着一把伞，走进了湿漉漉的空气中。

不知是不是与天气有关，这次我们都没有急着开口说话。我躲在自己淡蓝色的雨伞下面，静听秋雨密密麻麻地打在上面的声音。

猝不及防地，一阵浓烈的伤感突然升上来，顷刻间烟花一样炸开在我的胸间。

这是第一次，我在心里对自己与秦又的关系不满意。啊，原来我是在渴望着的，原来我真的在心里渴望着——听到秦又深情的话语，听到他对我说“你真可爱”，甚至是“我喜欢你”。在这种阴暗的天气里，在这种难得的静谧间，我听到了来自自己心灵最深处的真实的渴求和声音！

我舔一舔嘴唇，想要开口说话。不管他是怎样想的，至少，我应当将自己的感受勇敢地说出来！就像在上一个雨天所做的那样。我决定不考虑结果，没有开始，哪来的结果呢？

但是，我已经没有机会了——一把火红的雨伞挡在了我和秦又的面前。

“可以跟你聊聊吗?”姜艺睫不看我，只看着秦又说。这是她一贯的做派。

我调转目光，不去看秦又刹那间变得又惊又喜、容光焕发的脸庞。我能够听到自己的心在一瞬间凝固起来的声音。

“那，你一个人先回去，好吗?”

“好的。”我真的很佩服自己还能用这么安静的声音说话，并且，我还笑了笑。

我转过身，慢慢地离去。

七

可以想见，我成了班上的大笑柄。

我不申辩，不诉说，当然更不怨气冲天。我只是保持沉默。

“你呀，可真——”珠珠拖着长腔这样说我。我知道她省略了“窝囊”“废物”之类刺耳的词汇，“秦又明明是在利用你来刺激姜艺睫的!”

我忍住心里猛烈地向上翻涌的酸楚和痛苦，一言不发。

是这样又怎样？不是这样又怎样？我曾经拥有过一段美好的过程。而现在，这件事已经结束了。

晚上坐在台灯下，我打开书包准备做作业的时候，发现了一封信。

我展开，慢慢地读起来。

真不知道该对你说些什么，只是想恳求你——不要把我想得那么坏，我并不像人家说的那样，是在利用你。是的，我喜欢她，为了她，我不惜放弃与你的友情。

你是一个非常好的女孩子，聪明，善解人意。你的未来一定非常美好。

原谅我，并请接受我的祝福！

秦又即日

我将内容又看了一遍，然后一下又一下，将信笺纸撕成了越来越小的碎片。

不是怨恨和发泄，只是不想保留而已。

八

周末。

我将小鸭子送给了楼下一个刚刚上一年级的小女孩。我以前带小鸭子出去散步的时候，她总是跟在后面，很羡慕地问东问西。小女孩将两只小鸭子亲亲热热地搂在胸前，有点不相信地问我：“你真的送给我吗？不会再要回去吗？”

我没有回答小女孩的话。

回到家，我二话不说就将自己辛辛苦苦养着的几盆花草通通拔除，是那种最彻底的连根拔除。白白的根须暴露在秋季正午的阳光里，刺得我的眼睛有点想流泪。

妈妈站在一边，目瞪口呆地看着我：“你疯了吗？花草是有感觉的，为什么要这样伤害它们？它们怎么惹你啦？”

爸爸却在一边击掌叫好：“好，好，这样好！鸭子和花草都不养了，看来女儿确实是下决心用功学习了！你不是一直在等着女儿自己觉悟吗?”

对于爸爸妈妈的话，我通通未加理睬。

然后，我坐下来，开始给云南的小妹妹写信：“亲爱的小妹妹：你好吗？不知道你现在的成绩有没有提高，脸上的暗疮好了没有。姐姐真希望你人长得漂亮、成绩又好，这样谁都会喜欢你的！姐姐长得不漂亮，这是没有办法改变的事实。但成绩是可以改变的，所以姐姐决定从今天起，努力用功学习，一定要把成绩搞上去！姐姐再也不愿在学校里当一个谁都可以不在乎、谁都可以随时背叛的平庸角色了!”

写到这里，一直隐忍着的泪水还是不争气地流了出来。

我没有去擦，就让它一直不断地往外流。等它流够了，我就去洗个脸，然后去寄信，再然后，我就回来看书、写作业。